강동수들

강동수들

김예지 장편소설

북스토리

차례

프롤로그

강동수와 강동수	9
평생 각인	32
불편함과 익숙함 사이	53
입장 차이 1	70
입장 차이 2	87
이길 수 없는 게임	107
무수한 방법 중 하나	129
유일한 목격자	149
최선 더하기 최선	169
마음이 시키는 일	188

작가의 말

프롤로그

"야, 깡동! 거기 서서 뭐 해? 다 같이 사진 찍는다고 모이래."

자기를 부르며 얼른 오라고 손짓하는 반 친구에게 다가가며 동수가 장난스럽게 물었다.

"저 벚꽃나무를 크리스마스 장식으로 꾸미면 예쁠 것 같지 않냐?"

"뭔 소리야? 이상한 소리하지 말고 빨리 와!"

동수는 콧노래를 흥얼거리며 반 친구들이 모여 있는 쪽으로 잽싸게 뛰어갔다. 때마침 솔솔 부는 봄바람에 벚꽃잎이 가볍게 흩날렸다. 벚꽃이 활짝 핀 교정은 마치 봄과 관련된 소품으로 잔뜩 꾸며진 촬영 세트장 같았다. 그 안에서 누구는 사진작가였고, 누구는 포즈를 취하는 배우나 모델이었다. 그런 광경을 구경하며 즐기는 관객도 있었고, 함께 사진을 찍고 싶어서 서성거리는 관객도 있었다. 동수는 드라마의 한 장면같이 예쁜 이 순간을 모두가 주인공이 되어 기쁘게 누렸으면 좋겠다고 생각했다.

그때 익숙한 목소리가 들려 돌아보니 낯익은 얼굴이 눈에 들어왔다.

"하은아. 조금만 더 옆으로 가봐. 그렇지, 거기! 움직이지 말고 치~즈. 저기, 친구들아. 지금 사진 찍고 있는데 옆으로 조금만 비켜줄 수 있을까?"

그러자 동수 옆에 있던 한 친구가 빈정거리며 말했다.

"하여튼 정수정 오지랖은. 저것도 병이다, 병. 내가 유하은이었으면 창피해서 벌써 도망쳤다. 정수정 쟤는 유하은 혼자 다니든 말든 그냥 내버려두지 뭘 저렇게 챙기냐? 지가 엄마도 아니고."

다 들으라는 식의 빈정거리는 소리에도 하은은 수정이 시키는 대로 부끄러워하면서도 포즈를 다양하게 취했다.

"풉."

동수가 보란 듯이 웃음을 터뜨렸다.

"뭐야, 깡동. 왜 그렇게 웃어?"

"네 착각이 너무 심한 것 같아서. 쓸데없는 걱정하지 마. 정수정이 너한테 그럴 일은 하늘이 무너져도 없으니까. 정수정도 아무한테나 그러진 않아."

"하긴, 정수정이 아무한테나 그러진 않지. 그래서 중학교 때 정수정이 강동수 좋아한다는 소문도 났었잖아. 아, 너 말고 2반 강동수."

"정수정이 2반 강동수를 좋아해?"

동수는 뜻밖의 말에 인상을 살짝 구기며 물었다.

"몰랐냐? 정수정이 강동수한테 직접 고백을 하거나 한 건 아닌데, 잠깐 그런 소문이 돌았었어."

"왜?"

"2반 강동수가 외할머니랑 둘이 살잖냐. 그것 때문에 애들한테 놀림을 받았는데 정수정이 대신 나서서 걔네들한테 뭐라고 했거든. 그래서 그런 소문이 돈 거지."

교무실을 제 방처럼 들락거리는 동수는 2반 강동수가 할머니와 둘이 산다는 건 진작 알았다. 하지만 정수정과 상몽수라니, 상상조차 못한 조합이었다. 심지어 정수정이 강동수를 위해서 대신 뭐라고 했다고? 너무 멋있잖아!

이튿날, 동수는 2반 강동수를 찾아가 다짜고짜 이렇게 물었다.

"너도 정수정 좋아하냐?"

강동수와 강동수

우리의 첫 만남은 마치 유치한 드라마의 한 장면 같았다.

새 학기 첫날, 5교시 시작 전에 나는 책상에 얼굴을 묻고 엎드려 있었다. 기분 좋은 낯섦에 잔뜩 들떠 있는 반 아이들 누구와도 눈을 마주치고 싶지 않았기 때문이다.

어수선한 분위기 탓에 잠은 오지 않았다. 이어폰을 낄까 잠시 고민했지만, 귀찮아서 그냥 가만히 눈을 감은 채 얼른 수업 종이 울리기만을 기다렸다.

별안간 친구들의 말소리가 점차 잦아들기 시작했다. 나는 크게 신경 쓰지 않았다. 무슨 일인지 궁금하지도 않았다. 그러나 내 귓구멍은 그런 내 의지와는 상관없이 미세한 소리 하나도 놓치지 않겠다는 듯 한없이 예민해졌다.

톡.

무언가가 바닥에 힘없이 떨어지는 소리.

"네가 강동수야?"

이어서 나를 찾는 목소리가 들려왔다. 처음 듣는 목소리였다.

"아닌데."

"그래?"

톡.

그리고 다시 톡.

"너구나? 강동수?"

"나도 아니야."

"이상하다. 드라마에서는 이게 찾는 사람을 향해 잘만 날아가던데."

자는 척을 들킬까 봐 함부로 몸을 움직일 수도 없는 물편함 속에서 나를 찾는 녀석의 목소리가 연신 울렸다.

"하는 수 없지. 내 버킷리스트를 위해서 직접 찾아나서는 수밖에."

나는 무슨 영문인지 알고 싶지도, 잘 알지도 못하는 녀석에게 내가 강동수라고 소개하고 싶은 마음도 없었다.

"저기 엎드려 있는 애, 쟤가 강동수야."

누가 나를 가리켰는지 녀석의 목소리가 내 가까이에서 또렷하게 들려왔다.

"아! 드디어 찾았다, 강동수!"

그러거나 말거나 난 움직이지 않았다. 솔직히는 일어날 타이밍을 놓친 터라 못 들은 척 할 수 밖에 없었다. 그러자 녀석이 내 손등을 무언가로 쿡쿡 찔렀다. 살짝 따가워서 그만 움찔했다.

"야, 반갑다! 강동수! 난 3반 강동수. 이번에 전학 왔어."

녀석은 내가 고개를 들지 않는데도 아랑곳하지 않고 계속 말했다. 뭐가 그렇게 즐거운지 가볍게 웃음도 흘렸다.

"나 살면서 동명이인 처음 봐. 이름 같은 사람끼리 인사나 한번 하자. 친하게 지내면 더 좋고. 사실 그게 내 버킷리스트 중 하나거든."

강동수가 뭐 대단한 이름도 아니고, 흔하디흔한 이름 때문에 나를 찾아왔다고? 고작 그런 게 버킷리스트라고?

"어이, 동명이인. 안 자는 거 다 아니까 이제 그만 일어나지? 반 애들이 다 너 쳐다보고 있어. 지금 안 일어나면 더 쪽팔릴걸."

녀석은 만만한 먹잇감을 앞에 놓고 장난치는 맹수처럼 뻔뻔하고 능글맞게 굴었다. 녀석이 그럴수록 나는 더더욱 꼼짝할 수 없었다. 슬슬 몸이 굳는 느낌이었지만 꾹 참았다.

"좋아. 3초 안에 안 일어나면 나랑 깍지 끼고 싶어 하는 줄 알고 손잡는다? 참고로 난 한다면 진짜 해. 3, 2……."

녀석의 역겨운 소리에 결국 인상을 쓰며 마지못해 상체를 일으켰다. 곧바로 생글생글 웃는 녀석과 눈이 마주쳤다.

"안녕? 얼굴 보고 인사하기 되게 힘드네. 그렇게 엎드러 있으면 내가 어떻게 찾냐?"

거북하고 낯간지러운 말을 연신 아무렇지도 않게 하는 녀석은 키가 훌쩍 컸고, 진한 쌍꺼풀이 있는 얼굴은 번지르르했다. 한 손에는 종이비행기를 들고 있었다. 조금 전 내 손등을 찌른 것도, 톡, 톡 소리의 정체도 저것인 듯했다. 교실 바닥에는 종이비행기가 서너 개 떨어져 있었다.

'누가 찾아달래?'

나는 말없이 녀석을 노려보다시피 응시했다.

"어휴, 그렇게 처다보면 눈 안 아프냐? 눈 찢어지겠다, 찢어지겠어."

녀석은 걱정하는 건지 놀리는 건지 알 수 없는 말을 하며 피식 웃었다. 교실 한쪽에서는 '강동수들' 어쩌고 하면서 킥킥대는 소리가 들렸다.

"야, 강동수. 왠지 우리 자주 볼 것 같지 않냐? 내 이름을 내가 부르니까 기분이 좀 이상하네. 쨌든, 앞으로 자주 볼 것 같으니 오늘은 이만 간다. 다음에 또 보자, 친구!"

원하지도 않는 반 애들의 관심을 끈 게 못마땅한 나와 달리, 이런 상황을 즐기는 듯 녀석은 마치 드라마 예고편처럼 의미심장한 말을 던지고는 유유히 교실을 나갔다. 그 와중에 남의 반에 쓰레기 버리는 거 아니라면서 바닥에 떨어뜨린 종이비행기도 잊지 않고 챙겨갔다.

강동수가 다시 내 앞에 나타난 건 정확히 한 달 후였다.

*

"너도 정수정 좋아하냐?"

이번에도 느닷없이 나타난 강동수가 앞자리 의자를 내 쪽으로 바짝 붙여 앉으며 물었다.

그런 녀석을 한번 쓱 처다보았다. 나와 전혀 상관없는 질문에 대답할 가치도 없어서 그냥 무시하고 책상 위에 펼쳐진 책으로 눈길을 돌렸다.

"안타깝게도 이쪽은 아닌가 보네. 불쌍해서 어쩌냐, 우리 수정이."

말은 그렇게 해도 강동수는 은근히 안심하는 눈치였다. 나는 그때까지만 해도 읽고 있던 책에서 손을 떼지 않았다. 하지만 적막을 깨는 강동수의 다음 말은 나를 거칠게 움직여 당장 책을 내려놓게 했다.

"난 네 매력을 알아야겠어."

"진짜 미친놈이냐?"

내가 강동수에게 던진 첫마디였다.

그도 그럴 것이 학교에서 '강동수=미친놈'은 마치 수학 공식과도 같았다. 학생들뿐만 아니라 선생님들, 심지어 경비 아저씨까지 그렇게 받아들이는 듯했다.

"오, 나 드디어 사람된 거냐?"

녀석이 환해진 얼굴로 나와 눈을 맞추며 되물었다.

"뭐라는 거야."

"날 귀신이라고 생각해서 지금까지 쌩깐 거 아니냐고."

"미친놈."

내 입에서 또 상스러운 말이 튀어나왔다.

진짜로 강동수는 작정하고 미친 짓을 하는 미친놈이었다. 그것도 구태여 보란 듯이 말이다. 얼마 전 '라이터 사건'도 그랬다.

"이놈의 자식아, 내 라이터 어디에 숨겼어? 빨리 이리 안 와?"

학생부장 선생님이 1층 복도 한가운데에 서서 누군가를 향해 소리쳤다. 그 소리에 나는 가던 길을 잠시 멈추었다.

강동수였다.

"아, 쌤! 보물찾기라고요."

"보물찾기 좋아하네. 내 나이가 몇 갠데 너랑 보물찾기를 해? 교무실이 네 놀이터야? 어?"

"다 선생님을 위해서 이러는 거에요. 담배는 건강에 안 좋잖아요!"

그때 1층 화단 쪽을 지나가던 경비 아저씨가 끼어들었다.

"나 선생님, 오늘도 수고가 많으십니다. 저 녀석, 이번에야말로 눈물 쏙 빠지게 혼 좀 내주세요. 아침에 또 교문을 활짝 열어 놨어요."

학생부장 선생님은 경비 아저씨한테 가볍게 인사한 뒤 강동수를 보며 물었다.

"교문은 왜 열어놔?"

"그거야 당연히 지각하는 애들을 위해서죠. 안 그래도 늦었는데 문까지 닫혀 있으면 더 늦잖아요."

"뭐?"

강동수의 대답에 선생님이 기가 차다는 표정을 지었다.

"그래도 금방 다시 가서 닫았어요. 경비 아저씨, 진짜 치사해요! 제가 맛있는 빵 나눠드린 건 왜 말씀 안 하세요?"

강동수는 정말로 억울한지 목소리를 높였다.

"조용히 안 해? 뭘 잘했다고."

그러면서 선생님이 짧게 한숨을 내쉬자, 강동수가 슬금슬금 선생님의 곁으로 다가갔다. 그 모습을 지켜보던 경비 아저씨는 껄껄 웃으며 자리를 떠났다.

"죄송합니다."

바로 꼬리를 내리며 얌전히 라이터를 돌려주는 강동수를 바라보며 선생님이 헛웃음을 쳤다.

"보물찾기라면서 네 주머니에 숨겨두면 내가 어떻게 찾냐, 이 녀석아."

"어쨌든 저는 선생님이 건강히 오래오래 사셨으면 좋겠어요. 제가 결혼하고 예쁜 아기 낳아서 키우는 것도 보시고요."

곧이어 선생님의 호탕한 웃음소리가 복도를 가득 채웠다.

"무엇보다 담배를 자주 피우시면 가족분들이 걱정하시잖아요."

강동수는 진심 어린 얼굴로 말을 덧붙였다.

"됐고, 한 번만 더 말썽 부리면 진짜 부모님께 연락할 줄 알아."

녀석의 어깨를 가볍게 툭 치면서 말하는 선생님의 눈빛에는 놀랍게도 애정이 담겨 있었다.

"제발 연락해주세요."

평범한 남고생이라면 죄송하다고 말하는 게 정상일 텐데, 강동수의 반응은 생각과 달랐다. 나는 강동수의 그 말이 왠지 간절히 부탁하는 것처럼 들렸다.

"뭐, 이 녀석아?"

하지만 선생님은 나와 다른 의견인 듯했다. 장난은 이제 그만하라는 신호로 선생님이 강동수의 이마를 살짝 톡 쳤다.

그 순간, 나는 강동수의 눈빛이 진지하게 빛나는 걸 보았다. 하지만 녀석은 금방 실없이 웃으며 말했다.

"그럼 저는 학생의 본분을 지키기 위해 이만 수업 준비하러 올라가 보도록 하겠습니다!"

"수업 시간에 또 장난치지 말고."

"옙."

이뿐만 아니라 녀석은 길고양이를 데려와 관심과 사랑을 줘야 한다면서 교문 가까이에 집을 지어주기도 하고, 벚꽃이 만발한 벚꽃나무를 크리스마스 장식으로 잔뜩 꾸며놓기도 했다. 한 번도 경험해 보지 못한 봄의 크리스마스를 모두와 만끽하고 싶다면서 말이다.

이런 식으로 뭇시선을 끄는 강동수는 깡 빼면 시체라는 의미로 줄여서 '깡동'이라고 불렀다. 그리고 강동수와 이름이 같다는 이유만으로 어느 순간 나는 '걍동'이라고 불리기 시작했다. 내 별명에는 어떤 의미도 없었다. 그냥 강동수. 그래서 걍동.

같은 강동수인데, 넌 왜 존재감이 없어?

걍동이라고 불릴 때마다 나한테 이렇게 묻는 것 같아서 기분이 좋지 않았다. 아니, 나를 자기들 내키는 대로 낙인찍는 것 같아서 싫었다. 그것만으로도 내가 강동수를 못마땅해하는 이유는 충분하다고 생각했다. 쥐도 새도 모르게 그저 조용히 학교생활을 하고 싶은 나와는 반대로 강동수는 굴러다니는 깡통처럼 시끄럽고 야단스러웠다.

"네가 봐도 마냥 쌩까기엔 내가 너무 잘생겼지? 그런데 정수정은 왜 내가 아니라 너를 좋아할까?"

불쑥 나타나서 대뜸 정수정을 좋아하냐고 물었다가, 혼자 귀신에서 사람으로 신분 상승했다가, 잘생긴 얼굴을 뽐내며 연애 상담을 했다가…….

"누가 그래?"

내가 대충 물었다.

그저 녀석이 빨리 눈앞에서 사라지기를 바랐다. 강동수를 상대하면 할수록 수명이 줄어드는 기분이 들었다.

녀석은 잠시 아무 반응도 없다가 이렇게 대답했다.

"누가 그랬는지가 중요해? 우리의 마음이 중요한 거지."

"뭐라는 거야."

나는 정수정이 결코 나를 좋아할 리가 없다고 확신했다. 물론 정수정뿐만 아니라 누구라도 말이다. 정수정과는 중학교 때 한 번 같은 반이었던 것 말고는 이렇다 할 접점도 없었고, 그다지 친하지도 않았다. 아, 접점이 딱 한 번 있기는 했다. 그렇지만 그 일은 나를 좋아하는 거랑은 딱히 상관이 없었다.

"그러게. 나 지금 뭐라는 거냐?"

"불쌍한 건 정수정이 아니라 너네."

나는 강동수가 사랑에 눈이 멀어 큰 오해를 하고 있다고 생각해서 무심하게 받아쳤다. 사랑에 눈이 멀어 쓸데없이 시간 낭비하며 헛소리를 하고 있다고.

"너도 그렇게 생각하냐?"

자기가 왜 불쌍하냐며 난리를 칠 줄 알았는데 의외로 순순히 씩 웃으며 대꾸했다. 그런 녀석을 바라보며 나는 다시 한번 종잡을 수 없는 놈이라고 생각했다.

"할 말 끝났으면 이제 좀 가지."

녀석에게서 시선을 거두며 덮어 둔 책을 다시 펼쳤다.

"끝나긴, 이제 시작인데! 난 네가 마음에 들거든. 그렇지만 넌 굉장히 부끄러움이 많은 것 같으니까 나머지는 다음에 물어볼게. 급할 필요 없잖아? 그러니까 다음엔 너도 나를 기쁘게 반겨 줬으면 좋겠다, 친구야."

또 헛소리를 하는 녀석에게 나는 끝까지 시선을 주지 않았다.

강동수는 겨울방학 때 이사 와서 개학하자마자 우리 학교로 전학을 왔다. 인정하긴 싫지만, 잘생긴 외모와 금방 '깡동'이라고 불릴 만큼 튀는 존재감 때문에 처음엔 녀석을 따라다니는 소문도 많았다.

"전학 오기 전엔 훨씬 더 미친놈이었대. 머리카락 색도 일주일에 한 번씩 바꾸고."

"나는 사고를 하도 쳐서 얼굴 싹 고치고 전학 왔다고 들었는데?"

"전 학교에서도 잘생겨서 유명했다는데? 그래서 여자 문제가 심각했는데 부모님이 도저히 수습을 못해서 강제 전학 온 거래."

"같은 학년 아니면 말도 못 붙이게 했다던데. 그래서 선배들이랑도 맨날 시비붙고. 그런데도 따라다니는 여자애들이 많았나 봐. 그중에 선생님도 있었고."

참고 끝까지 들어 줄 수 있는 수준이 아니었다. 드라마나 소설 속에 나올 법한, 저마다의 입맛에 맞춘 자극적이고 터무니없는 소문들뿐이었지만, 익숙한 건지 무심한 건지 강동수는 크게 신경 쓰지 않는 눈치였다. 더 정확히는 그런 관심과 시선조차도 즐기는 것 같았다.

나는 나와 관련된 터무니없는 소문도, 수치스러운 사실도, 저마다의 입맛에 맞춘 편견도 억울했다. 사람들의 입에 나오르는 것이 끔찍이도 싫었다. 나를 다 안다는 듯이 떠들어대는 모습이 역겨웠다. 그래서 나는 평생 강동수처럼은 살 수 없을 거라고 확신했다. 나와 강동수는 이름만 같을 뿐, 얼핏 봐도 완전히 다른 사람이었다. 그 때문에 자연스레 녀석과 계속 엮여봤자 좋을 게 하나도 없다는 결론에 도달했다.

하지만 강동수는 나와 정반대로 생각하는 것 같았다.

"어? 우리 또 만났네? 어쩜, 이런 우연이!"

강동수가 내 맞은편에 식판을 내려놓고 앉으며 호들갑을 떨었다.

우연은 무슨.

"딴 데 가서 먹어."

녀석을 쳐다보지도 않고 퉁명스럽게 대꾸했다. 반찬으로 나온 멸치가 유난히 딱딱했다.

"잘 먹겠습니다~."

녀석은 내 말을 들은 척도 하지 않고 얄밉게 소시지를 입안으로 쏙 집어넣었다.

"오늘 반찬 나쁘지 않네. 강동아, 넌 무슨 반찬을 제일 좋아하냐?"

멸치가 딱딱해서 평소보다 더 오래 씹어야 했다.

"난 아무래도 고기반찬이 최고인 듯. 그건 너도 인정하지, 강동? 우리는 한창때라 잘 먹어줘야 한다고. 그러고 보니 우리 둘은 볼수록 닮은 데가 있네? 신기하지 않냐? 이름도 같고, 키도 둘 다 멀대같이 크고. 넌 키 몇이냐? 난 180 조금 넘는데."

나는 낮게 한숨을 내쉬었다. 멸치 때문에 턱이 아팠다.

"야, 넌 그 나이에 벌써부터 그렇게 한숨을 쉬냐? 누가 보면 세상 다 산 줄 알겠네. 아! 내가 재미있는 사실 하나 알려줄까?"

강동수가 설레발을 칠수록 나는 밥 먹는 데에만 더욱 집중했다. 다음부턴 멸치 반찬은 조금만 받아야겠다고 생각하면서.

그 재수 없는 태도 좀 바꿀 수 없냐, 근데 나 국 없으면 밥 못 먹어 어쩌고 하면서 녀석이 국그릇을 들고 국을 물처럼 벌컥벌컥 마셨다. 그러더니 소리쳤다.

"아, 뜨거워! 와 씨, 혀 증발하는 줄 알았네!"

강동수가 국 없이 밥을 먹든 못 먹든 내 알 바 아니다. 다만 그때부터 강동수는 미친 게 아니라 그냥 어딘가 모자라 보였다.

"일부러 그러냐? 그리고 걍동이라고 부르지 마."

난리법석인 녀석에게 냉정하게 딱 잘라 말했다. 강동수가 이내 억울하다는 표정을 지었다.

"뭘 일부러 그래! 나도 하나뿐인 목숨으로 장난치진 않아. 씨, 따가워죽겠네……."

옆 테이블에서 여자애들이 쿡쿡거리며 웃는 소리가 들려왔다. 놀랍게도 여자애들은 그런 강동수의 모습에 호감을 보였다. 강동수의 행동은 녀석의 잘생긴 얼굴과 대체로 따로 놀아서 조화롭기가 쉽지 않았는데, 여자애들은 오히려 그래서 더 재밌어하는 눈치였다.

여하튼 나는 녀석이 물을 마시러 간 사이에 남은 밥과 반찬을 대충 입에 쑤셔 넣고 교실로 올라왔다. 하지만 강동수가 작정하고 바로 뒤따라올 줄 미리 알았더라면, 곧장 교실로 돌아오지 않았을 것이다.

"걍동. 급식실 같이 가자니까 왜 혼자 갔어?"

최동훈이었다. 반에서 그나마 친하다고 할 수 있는 녀석이다.

"동아리 애들이랑 먹는다며. 난 같은 동아리도 아닌데 왜 같이 먹어. 그리고 걍동이라고 부르지 말라고 몇 번을 말해."

"하여튼 까탈스러운 왕자님 같으니라고."

'까탈스러운 왕자님'에 뭐라고 한마디 하려는 순간, 쾅 문소리와 함께 일상에서뿐만 아니라 내 인생 전체를 통틀어 좀처럼 듣기 힘든 말이 들려왔다.

"'넌 나에게 모욕감을 줬어.'"

그렇다. 그 말을 한 사람은 강동수였다.

"'이게 최선입니까? 확실해요?'"

녀석은 연신 알 수 없는 말을 뱉으며 내 쪽으로 거침없이 다가왔다.

"자꾸 뭐라는 거야?"

내가 짜증스럽게 말하자, 강동수가 내 앞에 멈춰 서며 이렇게 소리쳤다.

"'입 닥쳐, 말포이!'"

허……. 뭐 이런 녀석이 다 있지?

"넌 내가 말포이로 보이냐?"

말하면서 내 표정이 자연스럽게 일그러지는 게 느껴졌다. 어느새 최동훈은 동아리 녀석들을 따라 급식실로 가버리고 없었다. 그 때문에 창피함은 오로지 내 몫이었다.

"아니? 말포이도 밥 먹을 땐 친구를 버리고 혼자 가진 않아."

그걸 네가 어떻게 알아, 하고 따져 물으려다가 관두었다. 똑같이 유치한 놈이 되고 싶지는 않았다.

"의리 없는 새끼."

"우리 사이에 뭔 의리."

그래서 일부러 더 냉담하게 대꾸했다.

"너, 이름 같은 사람끼리 그러는 거 아니다."

녀석은 끈질기게 내 자리까지 쫓아와 목소리를 높였다.

"그러니까 딴 데 가서 먹으라고 했잖아."

"넌 아까부터 뭐가 그렇게 못마땅하냐?"

대답 대신 강동수의 얼굴을 빤히 쳐다보았다. 강동수 역시 내 눈을 피하지 않았다.

뭐가 그렇게 못마땅하냐고? 녀석은 정말 모르는 걸까. 자기와 있으면 나까지 덩달아 이목이 집중된다는 사실을. 녀석의 튀는 존재감 때문이기도 했지만, 녀석과 함께 있으면 꼭 들려오는 소리가 있었다.

"어? 강동수들이다."

나는 녀석과 괜히 엮이면서 원하지도 않는 관심을 받고 싶지 않았다.

그렇게 우리 둘 사이에는 잠시 정적과 함께 묘한 긴장감이 흘렀다. 열어 둔 창으로 들어온 바람이 긴장감을 훑고 지나갔다.

"전에도 말했다시피 난 네 매력을 알아야겠어. 네 의사와는 상관없이."

강동수가 살얼음같이 아슬아슬하던 긴장감을 깨고 어깨를 으쓱했다.

"정수정 때문에 이러는 거면 관둬. 걔 나 안 좋아해. 네가 착각한 거야."

"꼭 그것 때문만은 아니야."

"그러면?"

"네가 나를 알아봤잖아."

녀석이 의미심장한 표정으로 말했다.

"내가 언제?"

"나보고 불쌍하다며."

불현듯 그 말을 했던 순간이 머릿속에 떠올랐지만, 그렇다고 강동수를 알아봐서 그랬던 건 아니었다.

"그게 널 알아본 거라고?"

"그리고 또 있어."

나는 강동수가 하는 말을 도무지 알아들을 수가 없었다. 전에 불쌍하다고 한 건 이죽대려고 한 말이지, 정말로 강동수가 불쌍해 보여서 한 말은 아니었다. 무엇보다 강동수는 전혀 불쌍해 보이지 않았다.

"할머니랑 둘이 살면 어떠냐?"

종잡을 수 없는 놈은 연신 종잡을 수 없는 소리만 입 밖으로 꺼냈다.

순간 욱하고 치밀어오르는 감정과 함께 속이 울렁거렸다. 나는 이런 기분을 느끼고 싶지 않았다. 패배자의 기분 말이다. 또한 이런 상태를 들키고 싶지도 않았다. 들키는 것 자체가 수치스러웠다.

"지금 시비 거는 거냐?"

태연하게 반응하고 싶었지만, 어느새 내 목소리에 날이 서 있었다.

"아니. 부러워서 물어보는 건데."

"그게 부럽다고? 장난해?"

또다시 욱하고 올라오는 감정을 최대한 누르며 싸늘하게 말했다.

"장난을 왜 해? 할머니의 사랑을 독차지할 수 있으니까 당연히 부럽지. 우리 할머니는 일찍 돌아가셨단 말이야."

강동수의 표정이나 말투는 빈정거리거나 비꼬는 게 전혀 아니었다. 녀석은 진심으로 나를 부러워하고 있었다.

하지만 그건 강동수가 잘 몰라서 하는 말이다. 직접 겪어보지 못해서 할 수 있는 말이다. 할머니랑 단둘이 산다는 이유로 동정의 시선과 놀림을 받아도 과연 부럽다고 말할까…….

나는 아무 말 없이 강동수를 바라보기만 했다.

"그렇게 눈을 부라릴 게 아니라, 감사하게 생각해라. 누구는 할머니랑 둘이 살고 싶어도 못 사는데."

"할머니랑 왜 둘이 살고 싶은데? 할머니가 네 첫사랑이라도 되냐?"

빈정거리는 내 말에 강동수가 크게 웃었다. 그러더니 바지 주머니에서 작은 포스트잇과 펜을 꺼내서 무언가를 적기 시작했다.

"내가 이래서 널 포기 못하는 거다."

녀석이 내 책상에 파란 포스트잇을 붙이며 말했다.

"대사 좋고, 성격 재수 없고, 매사에 불만인 네 모습이 내가 쓰는 작품에 아주 딱이야! 앞으로 잘 부탁한다, 걍동. 아니, 강동수."

포스트잇엔 '주인공 낙점!'이라고 쓰여 있었다.

*

"동수 왔나?"

그날 밤, 야자를 마치고 집으로 돌아온 나는 아무 대꾸 없이 방으로 직행했다. 문을 닫자마자 가방을 바닥에 아무렇게나 던져놓고 침대에 드러누웠다. 만사가 귀찮고 무기력했다.

"공부는 잘하고 왔나? 밥은?"

외할머니가 밖에서 물었다.

점차 가까워지는 발소리에 나는 벌떡 일어나 얼른 방문을 잠근 뒤 쓰러지듯 다시 침대에 누웠다. 매번 같은 질문을 하는 외할머니도 귀찮았다. 되도록 혼자 있고 싶었다.

똑똑.

"문은 왜 잠그노?"

하지만 외할머니의 목소리는 적막을 뚫고 방 구석구석까지 울려퍼졌다.

"많이 피곤하나? 사과라도 깎아주까?"

외할머니는 포기를 모르는 사람처럼 계속 물었다.

머리가 지끈거렸다.

"동수야."

침대에서 벌떡 일어나 짜증스레 방문을 확 열어젖혔다.

"피곤해요. 씻고 잘게요."

약간 신경질이 섞인 목소리로 말하고는 외할머니를 지나쳐 뒤도 안 돌아보고 화장실로 향했다.

"저 밥 먹었고, 공부도 잘하고 왔어요."

화장실 문을 닫기 직전에 이렇게 덧붙이자, 외할머니의 목소리는 더 이상 들리지 않았다. 그렇게 나에게 평화가 찾아왔다.

내가 외할머니와 단둘이 살게 된 건 초등학교 4학년 때부터였다. 엄마가 지인의 소개로 강원도에 있는 제법 큰 호텔의 호텔리어로 일하기 시작하면서부터였다. 외할머니의 손을 잡은 건 전적으로 내 의지였다.

아빠가 없다는 이유로 내 세상에 처음 금이 간 건 초등학교 1학년 '가족' 수업이었다. 아기는 엄마와 아빠 사이에서 태어나는 거라고 배웠는데 언제나 나에겐 엄마뿐이었다. 나는 그게 이상해서 엄마한테 물었다.

"왜 나는 아빠가 없어?"

그 뒤로 몇 번이나 더 물었지만, 돌아오는 대답은 똑같았다.

"우리 같은 가족도 있는 거야."

그건 질문에 대한 답이 아니라 더 이상 질문하지 말라는 일종의 압박처럼 느껴졌다.

'우리 같은 가족이 대체 뭘까?'

어린아이가 이해하기 쉽게 좀 더 친절하고 구체적으로 설명해주기를 바랐지만, 엄마의 입은 끝끝내 열리지 않았다. 그 때문에 아빠가 없다는 이유로 놀림받거나 아빠는 어디 갔냐는 질문을 받을 때마다 내 입 또한 열리지 않았다.

아빠가 없는 가족.

아빠에 관해 물으면 엄마가 불편한 얼굴로 자리를 피하는 가족.

아빠 얘기는 절대 꺼내면 안 되는 가족.

아빠가 없어서 남들처럼 평범하게 행복해질 수 없는 가족.

생일 케이크에 초가 늘어나고, 몸이 점차 커질수록 현실에 대한 원망만 걷잡을 수 없이 커졌다.
무신경하고 떳떳하지 못한 엄마의 모습도 보기 싫었다. 엄마는 단 한 번도 학교에 찾아와서 담임 선생님을 만난 적이 없었다. 참여 수업도, 학부모 상담도 전부 외할머니의 몫이었고, 외할머니의 역할이었다. 나는 엄마가 무책임하다고 생각했다. 아빠 없는 자식이 창피해서 바쁘다는 핑계로 자기 현실에서 도망갔다고 생각했다. 그래서 엄마를 따라가지 않았다. 나도 자기 자식을 창피하게 여기는 엄마와 살고 싶지 않았다.

그런데 점점 커진 이 불만의 불씨는 언제나 외할머니한테 튀었다. 어쩌면 당연한 건지도 몰랐다. 내 옆에는 화풀이할 엄마도, 아빠도 없었으니까.

하지만 그런 내 모습조차 이해한다는 듯 매번 싫은 소리 없이 나를 감싸고 보살피는 외할머니의 태도는 나를 한없이 초라하게 만들었다. 외할머니는 언제나 자신이 배 아파 낳은 자식보다 나를 먼저 챙겼고, 내 편을 들어주었다. 나는 그것을 눈곱만치도 원한 적이 없었다.

수도꼭지에서 쏟아지는 찬물로 연달아 세수했다. 정신이 번쩍 들었다.

"부러워서 물어보는 건데."
"할머니의 사랑을 독차지할 수 있으니까."

낮에 강동수가 한 말들이 활자 그대로 눈앞을 지나갔다.
나는 깊은 한숨을 내쉬며 수건으로 얼굴을 거칠게 닦았다. 아무리 생각해도 할머니와 둘이 사는 건 부러워하거나 탐낼 만한 일이 아니었다.

평생 각인

 학교에 도착하자마자 가방에서 체육복 바지를 꺼내 햇볕이 잘 드는 창가 쪽에 걸어놓았다. 오전에 체육 수업이 있는데, 깜빡 잊고 어젯밤 늦게 빨래를 돌려 체육복 바지가 덜 말랐기 때문이다.
 나는 금방 마르겠지 생각하며 자리로 돌아와 수학 문제집을 펼쳤다.
 "이게 무슨 냄새야?"
 잠시 후, 한재민의 목소리가 교실에 울려퍼졌다.
 "냄새? 무슨 냄새? 아무 냄새도 안 나는데?"
 누군가의 말에 한재민이 잽싸게 받아쳤다.
 "잘 맡아 봐. 어디서 할머니 냄새나잖아."
 할머니라는 단어가 내 귀에 꽂혔다.
 "이 할머니 냄새나는 꼬질꼬질한 체육복 주인?"

한재민은 내 체육복 바지를 걸레 잡듯이 집어올리며 이리저리 흔들어댔다. 평소에도 달가운 사이는 아니었다.

"주인 없어? 그럼, 버린다?"

외할머니가 잃어버리지 말라고 바지 밑단 쪽에 유성 매직으로 내 이름을 크게 적어놓았기 때문에 누가 주인인지 모를 리 없었다. 그걸 알면서도 한재민은 저딴 말을 내뱉고 있는 것이다.

나는 곧장 자리에서 일어났다. 그리고 한재민이 들고 있던 내 체육복 바지를 거칠게 빼앗아 자리로 돌아와 가방에 구겨 넣었다. 체육복 때문에 노트가 축축해지든 가방에서 냄새가 나든 상관없었다.

"이런. 주인이 있었네. 버렸으면 큰일 날 뻔했어."

가식적인 한재민의 말을 무시한 채 묵묵히 수학 문제집을 들여다보며 그 어느 때보다 집중하려고 노력했다. 하지만 눈과 머리가 따로 놀았다. 그럼에도 나는 수학 문제집에서 눈을 떼지 않았다. 끝까지 손에서 펜을 내려놓지 않았다. 마치 방금 전에 아무 일도 없었던 것처럼. 계속 자리를 지키며 수학 문제집에만 몰두했던 것처럼.

결국 체육 시간이 될 때까지 체육복 바지는 다 마르지 않았고, 그 때문에 정말 퀴퀴한 냄새가 났다. 옷을 갈아입으려고 체육복 바지를 들었지만 망설여졌다. 그러나 이내 냄새가 나든 말든 아무 상관없잖아, 그래, 상관없어. 스스로를 달랬다.

나는 조용히 한숨을 삼켰다.

"다음 수업이 체육인가 보네?"

그때 강동수가 또 쓱 나타나며 물었다.

녀석은 언젠가부터 거의 매 쉬는 시간마다 찾아와서 사람을 성가시게 했다. 하도 찾아와서 반에 친구가 없나 하는 생각도 들었지만, 그건 또 아니었다. 녀석은 사람을 가리지 않고 허물없이 잘 어울렸다. 어쨌든 나는 강제적으로 혹은 반쯤 자포자기한 심정으로 끈질긴 강동수한테 어느 정도 익숙해진 상태였다.

"오, 걍동. 바지에 이름 뭐냐? 멋있는데? 나도 따라해야지."

갈아입으니 더욱 찝찝한 체육복 바지를 만지작거리며 진심이 나는 표정으로 녀석을 잠시 쳐다보았다.

"진심인데? 아, 근데 나도 강동수잖아? 누구 바지인지 헷갈릴 수도 있으니깐 안 되겠다. 대신 다른 데 써먹어야지."

묻지도 않았는데 곧장 강동수의 입이 다시 열렸다.

"내 꿈이 드라마 작가거든."

마치 내가 물어본 것처럼 말이다. 나는 말없이 체육복 상의에 몸을 구겨 넣었고, 강동수는 계속 말했다.

"네가 궁금해하는 것 같길래."

딱히 궁금하진 않았지만, 지난날 강동수가 나에게 했던 끔찍한 대사들이 어디서 비롯되었는지 밝혀졌다. 그러다가 문득 정수정도 나와 같은 입장일 것 같다는 생각이 들었다. 강동수는 정수정을 좋아한다. 녀석의 성격상 정수정을 가만히 놔둘 리가 없었다. 그와 동시에 불안한 가정이 내 머릿속을 빠르게 스쳐 지나갔다.

"강동수."

내가 불렀다.

"왜?"

녀석이 나를 쳐다보았다.

"정수정한테 고백했냐?"

"갑자기 그런 걸 묻는다고? 너도, 참. 당연히 고백했지. 정수정은 다 안 받아줬지만."

그러더니 녀석이 자신의 왼쪽 가슴에 손을 얹으며 말했다.

"아, 갑자기 가슴이 미어지네. 너는 왜 가만히 있는 사람 상처를 들쑤시냐? 뭔 자격으로? 우리가 아직 서로의 상처를 공유하는 사이는 아니지 않냐?"

"당연히 그럴 사이는 아니지. 그래서 정수정한테 뭐라고 했는데?"

"그걸 왜 너한테 말해야 하는데."

"뭐라고 했냐고?"

강동수의 말을 무시하고 재차 묻자, 녀석이 넓은 아량을 베풀어주겠다는 눈빛으로 대답했다.

"'나, 너 좋아하냐.'"

꽤 진지한 강동수의 목소리에 나는 낮게 한숨을 내쉬었다. 그래, 녀석은 강동수였다. 그냥 미친 것도 아닌 제대로 미친 강동수. 물론, 드라마에 말이다.

"넌 그게 먹힐 거라고 생각했냐?"

나도 모르게 인상을 쓰며 물었다.

"나도 그게 의문이야. 대체 왜 안 먹히지? 되게 설레지 않나? 근데 정수정은 아주 질색팔색하더라."

녀석은 진심으로 이해가 안 된다는 표정이었다. 나는 고개를 절레절레 흔들었다. 듣기로 강동수의 고백이 그런 식으로 두 번이나 더 이루어졌다는 사실에 대리 수치심과 끔찍함을 느꼈다.

그중 한 번은 나도 같은 자리에 있었다. 하시만 그때는 그게 고백이라는 사실을 꿈에도 몰랐다. 그런 식으로 자기 마음을 표현하는 사람은 드라마 주인공 말고는 본 적이 없었기 때문이다. 그래서 강동수가 그냥 정수정에게 장난친다고 생각했다. 어쩌면 오글거리는 탓에 장난이길 바랐던 것일지도 몰랐다.

강동수가 나를 찾아 우리 반에 쳐들어오고 난 뒤, 정수정을 좋아하냐는 헛소리를 하며 다시 내 앞에 나타나기 전에 있었던 일이다. 학교 앞 버스 정류장은 야자를 마치고 나온 학생들로 붐볐다. 나는 타야 할 버스 위치를 확인하기 위해서 안쪽으로 자리를 옮기려다가 사람들이 몰려 있는 탓에 포기하고 서 있었다. 다행히 몸을 살짝 앞으로 내밀자 버스 정보 안내 단말기가 보였다. 큰 키는 이럴 때 아주 유용하고 유리했다. 버스는 각각 4분, 8분, 6분 후 도착 예정이라고 떠 있었고, 내가 타고 갈 버스는 4분 후에 도착 예정이었다.

"이젠 하다하다 버스까지 내 진실한 마음을 알아주는구나."

정류장 안쪽에서 어딘지 익숙한 목소리가 울렸다. 목소리의 주인공은 나처럼 또래 친구들보다 키가 컸기 때문에 얼굴을 똑똑히 볼 수 있었다. 강동수였다.

녀석은 버스 단말기를 응시하며 옆에 서 있던 정수정한테 어마어마한 말을 던졌다.

"보이냐, 내 마음?"

그땐 그게 드라마 대사인지도 몰랐다. 그저 여전히 말을 이상하게 하는 녀석이라고만 생각했다.

"뭐? 네 마음이 어딨는데?"

정수정은 익숙하다는 듯 시큰둥한 반응을 보였다.

"저기, 486."

강동수는 의기양양한 표정으로 버스 단말기를 가리키며 말했다.

"486이 뭔데?"

되묻는 정수정의 말에 녀석의 표정이 대번에 굳어졌다.

"486, 몰라?"

"모르니까 물어보지."

"거짓말. 이거 몰래카메라야?"

그러면서 강동수가 장난스럽게 카메라 찾는 시늉을 했다.

녀석이 곧장 말을 이었다.

"어떻게 몰라? 삐삐 번호로 사랑한다는 뜻이잖아."

"태어나서 삐삐를 실제로 본 적이 없는데 그걸 내가 어떻게 알아?"

"옛날 드라마에 보면 많이 나오잖아."

"공부하느라 요즘 드라마도 잘 못 보는데 옛날 드라마를 어떻게 봐? 그리고 내가 너한테 뭘 했다고 사랑한대?"

쿨하다 못해 찬바람이 쌩쌩 부는 정수정의 반응에 천하의 강동수도 입을 다물었다. 강동수가 조금 안쓰럽게 느껴질 정도였다.

"근데 네 마음은 되게 쉽게 변하나 보다?"

별안간 정수정이 새초롬한 얼굴로 강동수에게 물었다.

"무슨 말이야?"

정수정은 턱 끝으로 버스 단말기를 가리켰다. 따라서 시선을 옮기자, 어느새 버스 도착 예정 시간은 2분, 8분, 4분 후로 바뀌어 있었다.

"삐삐 번호로 284는 무슨 뜻인데?"

정수정이 강동수를 쳐다보며 물었다.

강동수는 예상치 못한 질문에 잠시 벙쪄 있더니 이내 웃음을 터뜨렸다. 곧 버스가 도착하는 바람에 나는 그들의 뒷이야기를 알지 못했다.

"그래서 그 뒤로 진전이 좀 있었냐?"

"아니? 그게 단데? 버스가 오니까 정수정이 뒤도 안 돌아보고 타고 가더라."

고백에 대한 정수정의 반응은 차가웠지만, 강동수는 예측 불허한 정수정에게 되레 더 큰 흥미를 느끼는 듯했다. 녀석이 두 눈을 반짝이며 살짝 웃었다. 나는 그런 강동수를 이해하기가 쉽지 않았다.

"외적으로는 완벽하게 네 이상형인데, 성격은 너처럼 엄청나게 재수 없는 여자야. 반대로 외적으로는 네 이상형과 거리가 멀어. 그런데 성격은 정말 완벽한 여자야. 넌 둘 중에 누굴 선택할래?"

2교시 체육 수업을 마치고 교실로 돌아오자, 강동수가 내 자리에 떡하니 앉아 있었다. 나에게 대뜸 묻는 녀석의 두 손에는 작은 수첩과 펜이 들려 있었다.

'너처럼 엄청나게 재수 없는'에만 방점이 찍힌 것처럼 들리는 건 내 기분 탓일까.

"그걸 왜 선택해야 하는데?"

녀석에게 자리에서 비키라고 손짓하며 별생각 없이 툭 대답했다. 이런 식으로 강동수가 성가시게 하는 건 이제 일상이 되어서 내 반응도 퉁명스러웠다.

"자식, 은근 욕심 많네? 선택을 미루면서 두 마리 토끼를 한꺼번에 잡으시겠다?"

녀석이 자리에서 일어나며 말했다.

"말이 왜 그렇게 되는데."

나는 어처구니가 없었다. 하지만 녀석은 내 말을 깡그리 무시한 채 수첩을 빠르게 채워나갔다.

한 번은 급식실로 향하는 도중에 강동수와 마주쳤다. 내 이름을 부르면서 뛰어오는 녀석은 마치 캥거루 같았다.

"자, 들어 봐. 네 여자친구가 너를 위해서 아주 정성스럽게 음식을 만들어왔어. 너는 기쁜 마음으로 한입 딱 먹었지. 그런데 너무 맛이 없는 거야. 도저히 참고 먹어줄 수 있는 수준이 아니야. 그럴 때 네 반응은?"

강동수가 말을 끝맺으며 또다시 작은 수첩과 펜을 꺼내 들었다.

"저번부터 자꾸 뭘 적는 거야?"

"신경 쓰지 마. 간단한 조사 같은 거니까."

강동수가 펜으로 수첩을 톡톡 치며 말했다.

"그 조사를 왜 나한테 하는데?"

"말했잖아. 이번 작품의 주인공이 너라고."

이번엔 펜으로 나를 가리켰다.

"누구 마음대로?"

"작가 마음대로."

그러면서 씩 웃는 강동수를 나는 성심성의껏 노려보았다. 그러자 녀석이 꼬리를 내렸다.

"아, 알겠어. 내가 자세히 설명해줄게. 이번 작품의 남자 주인공이 말수도 적고 굉장히 신경질적인 인물이야. 그런데 안타깝게도 내 주위엔 그런 사람이 너밖에 없어서 너를 참고 좀 할게. 그러니 제발 협조 좀 해주겠니, 친구야?"

나는 장황하게 설명하며 사람 좋게 웃는 강동수를 무시하며 지나쳤다. 녀석의 장단에 맞춰줄 생각이 눈곱만치도 없었기 때문이다.

하지만 악착같은 강동수는 포기를 몰랐다. 거의 일주일 동안 내 뒤를 졸졸 쫓아다니며 끊임없이 질문을 해대는 바람에 정말로 귀에서 피가 날 지경이었다. 내가 무시할수록 녀석은 악착같이 더 매달렸다. 결국 살기 위해서 나는 방법을 바꿀 수밖에 없었다. 사실, 방법이라기보단 체념에 가까웠다.

"뭐가 궁금한데?"

"뭐냐, 걍동? 어제까지만 해도 사람을 그렇게 무시하더니, 오늘은 왜 이렇게 고분고분하대?"

급식을 먹고 곧장 우리 반으로 달려온 강동수가 먹지는 않고 계속 손에 쥐고 있는 막대 사탕을 이리저리 굴리며 나를 미심쩍은 눈빛으로 바라보았다.

"제발 협조 좀 해달라며. 좋게 협조해줘도 난리냐?"

녀석의 막대 사탕을 뺏어 들며 대꾸했다.

"갑자기 그러니까 수상해서……. 아니, 고마워서 그렇지!"

강동수는 멋쩍게 웃고는 다시 말했다.

"좋아. 오늘은 이것만 물어보고 더 이상 귀찮게 안 할게."

"뭔데?"

녀석의 질문을 기다리며 사탕 껍질을 까서 입속으로 쏙 집어넣었다. 내가 좋아하는 레몬 맛이었다.

"드라마에 자주 나오는 설정이긴 한데, 만약에 너랑 결혼을 약속한 여자가 알고 보니 고아였어. 뒤늦게 그 사실을 알게 되면 너는 어떨 것 같아?"

오늘은 강동수의 손에 펜과 수첩이 아닌 핸드폰이 들려 있었다.

"아무렇지 않을 것 같은데."

"어? 아무렇지 않을 것 같다고?"

내 말에 강동수가 고개를 갸우뚱했다.

"결혼을 약속한 사이라면 이미 어느 정도는 신뢰가 쌓여 있겠지. 상대가 고아라는 이유로 갑자기 사랑이 식거나 신뢰가 깨지

거나 하지는 않을 것 같은데. 내 생각엔 그래."

나는 마치 질문을 예상하고 답변을 준비해온 것처럼 말이 술술 나왔다. 신기했다.

"여자가 널 속였는데도?"

"속인 게 아니라 그냥 말을 못한 거겠지."

"왜 그렇게 생각하는데?"

어느새 강동수의 얼굴에는 웃음기가 싹 가셨다. 나는 그런 강동수가 꼭 기자 같다고 생각하며 입을 열었다.

"고아라고 말하는 순간, 잘못을 한 사람이 되어버리니까. 고아가 된 건 내 잘못이 아닌데 사람들이 내 잘못인 것처럼 취급해 버리니까. 여자는 그게 무서웠을 것 같은데."

"흠, 그런가? 그런 입장이라면 그럴 수도 있겠네."

"그렇지만 진심으로 상대를 사랑한다면 솔직하게 털어놓는 게 맞다고 생각하긴 해. 상대방 또한 여자를 진심으로 위한다면 당연히 이해해주겠지."

"그건 그렇지. 뭐야, 솔직히 이렇게 따뜻하게 말할 줄은 몰랐는데……. 사실은 따뜻한 남자였어, 걍동?"

강동수가 장난 반 감탄 반인 얼굴로 말했다.

솔직히 나도 놀랐다. 내가 아닌 다른 사람의 입장을 이토록 구체적으로 생각할 수 있다는 게……. 마치 나한테 그런 결혼 상대가 있다고 착각할 정도였다.

종류는 다르지만, 강동수가 예를 든 여자와 나에게는 공통점이 있었다. 태어날 때부터 나에겐 아빠라는 존재가 없었던 것처럼, 고아가 된 건 여자의 선택과 의지가 아니었다. 여자의 탓도 아니었다. 그 말인즉 여자가 고아인 건 여자의 잘못이 아니라는 소리다.

또 한 가지 놀라운 점은 강동수와 이런 대화를 주고받는 게 생각보다 싫지 않다는 거였다. 내가 아무 대답도 하지 않는 사이, 녀석은 핸드폰 메모장을 열어서 손가락을 분주하게 움직였다. 요란한 강동수가 유일하게 조용해지는 순간이었다.

나는 문득 궁금해졌다. 갑자기 녀석의 손가락이 분주해진 이유가 말이다. 그래서 메모장에 슬쩍 눈길을 주었다. 메모장엔 방금 나와 나눈 대화 내용이 쭉 나열되어 있었다. 녀석은 그 밑으로 인물 분석과 함께 그렇게 분석한 이유를 쭉 써내려가기 시작했다. 나는 다시 메모장이 아닌 강동수를 응시했다. 그것도 강동수가 메모를 하는 내내.

꿈에 대한 녀석의 태도는 생각보다 진지하고 진중하며 열정적이었다. 평소엔 시답잖은 장난만 치면서 글 쓰는 일과 관련되면 엄청난 집중력을 보였다. 표정도 어느 때보다 에너지와 생기가 넘쳤다. 어딘지 온화한 날 부는 바람처럼 평화롭고 자유로워 보이기도 해서 쉽게 눈을 뗄 수가 없었다.

"언제부터 꿈이 드라마 작가였어?"

나도 모르게 질문이 튀어나왔다.

"나? 아, 잠시만. 내가 보기와는 다르게 멀티가 안 돼서. 이것만 마저 적고."

강동수는 여전히 핸드폰에서 눈과 손을 떼지 않은 상태였다.

"딱 보기에도 안 돼 보이는데, 뭐."

"지금 뭐라고 그랬냐?"

"귀는 밝네. 빨리 쓰라고."

강동수는 꺼림칙한 표정을 지었다가 다시 메모에 집중했다. 그러다가 녀석이 미간을 찌푸렸다.

"인상은 왜 써?"

"오늘따라 나한테 관심이 많다?"

그것은 강동수의 착각이었다. 나는 여전히 녀석에게 그다지 관심이 많지 않았다. 평소와 다르게 녀석이 나를 성가셔 하는 상황이 조금 흥미로울 뿐, 관심이 많은 것과는 별개였다. 녀석의 말 때문에 흥미도 딱 거기까지였다.

"언제부터 드라마 작가가 꿈이었냐고?"

이내 할 일을 전부 끝낸 강동수가 핸드폰을 내려놓으며 나를 응시했지만, 심드렁해진 나는 말없이 막대 사탕을 깨물어 먹었다.

"솔직히 이렇게 잘생긴 얼굴로 연예인 하면 너무 재미없잖아. 안 그러냐? 난 뻔하고 재미없는 건 질색이거든. 사람들의 기대에 부응하고 싶지도 않고."

강동수의 자신감은 보면 볼수록 경이로웠다. 참나, 누가 연예인 시켜주기나 한대…….

"그 잘생긴 얼굴로 드라마 작가가 되면 안 뻔하고 재미있다는 소리냐?"

"풉. 꼭 그렇다기보단 드라마가 좋아서지. 드라마만큼 글 쓰는 것도 재밌고."

나는 입안에 남아있던 자잘한 사탕을 목구멍으로 넘겼다.

"내가 어렸을 때부터 텔레비전 보는 걸 좋아했는데 우리 엄마는 텔레비전을 자주 못 보게 했어. 근데, 강동아. 엄마 눈치 안 보고 텔레비전을 자유롭게 볼 수 있는 방법이 뭔지 알아?"

대답 대신 강동수를 빤히 쳐다보자, 녀석이 씩 웃으며 말했다.

"무조건 할머니 옆에 있으면 돼. 그러면 원하는 대로 볼 수 있어. 우리 할머니가 드라마를 좋아하셔서 둘이 드라마를 엄청 많이 봤어. 그러다가 자연스럽게 드라마 작가가 꿈이 됐고."

자연스럽게 꿈이 된다는 게 어떤 것인지 잘 알고 있었기 때문에 녀석과 이름 말고 비슷한 부분이 하나 더 늘어난 셈이었다.

내 첫 번째 꿈은 경찰이었다. 이유는 단 하나. 아빠 없이 늘 혼자인 엄마를 지켜주기 위해서. 그렇지만 그것은 내가 원하는 꿈은 아니었다. 그저 자연스럽게 엄마를 생각하다 보니 어느 순간에 생긴 꿈이었다.

자라면서 보니 굳이 경찰이 되지 않아도 엄마를 지킬 방법은 많았다. 그렇게 내 첫 번째 꿈은 점차 희미해져갔다. 그리고 그것이 내 처음이자 마지막 꿈이 되었다. 그 뒤로는 딱히 장래에 대해서 구체적으로 생각해본 적이 없었다. 아니, 아예 관심이 없었다. 그냥 남들과 다르지 않고, 혼자 튀지 않고, 평범하게 살고 싶었다. 평범하게 직장을 다니다가 평범하게 결혼을 해서 평범한 가정을 꾸리고 싶었다. 하지만 나는 그런 평범함이 무척이나 멀게 느껴졌다.

"강동수. 축하한다."

그때 한재민이 다가와 말을 걸었다.

뜬금없이 웬 축하? 내가 아는 한재민은 다른 사람의 좋은 일을 진심으로 축하해주는 인간이 아니었다. 그래서 한재민이 이러는 데에 분명 구린 이유가 있을 거라고 짐작하면서 녀석을 쳐다보았다.

"고맙다. 너한테 축하받을 거라고는 전혀 생각 못했는데."

그런데 강동수가 자연스럽게 말을 받았다.

황당한 건 나뿐만이 아닌 듯했다. 한재민이 발끈한 얼굴로 짜증스럽게 말했다.

"뭔 소리야! 너 말고 우리 반 강동수한테 한 말이거든? 그리고 넌 우리 반도 아니면서 왜 자꾸 여기 있냐?"

"너 보러온 거 아니니까 신경 끄셔."

강동수의 대답에 딱히 뭐라 할 말이 없었는지, 한재민이 인상을 팍 쓰면서 다시 나에게로 시선을 돌렸다.

"강동수. 설마 오늘 무슨 날인지 몰라?"

한재민이 다 들으라는 식으로 목소리를 높이자, 반 아이들의 시선이 하나둘 우리한테로 쏠렸다. 나는 남의 시선을 즐기는 강동수나 남의 시선을 원하는 한재민과는 달랐다. 남의 시선이 불편했고 달갑지 않았다.

"다른 사람도 아니고 네가 모르면 어떡하냐?"

계속 이죽거리는 한재민의 말을 이번에도 강동수가 받아쳤다.

"야, 한재민. 강동은 지금 나랑 진지하게 대화를 나누고 있잖아. 급한 거 아니면 나중에 다시 와. 깐족대는 거 보니까 그렇게 중요한 이야기 같지도 않네."

강동수는 한재민 때문에 대화가 끊겨서 따분하다는 표정까지 지었다.

"그걸 네가 어떻게 아냐? 너한텐 안 중요해도 우리 반 강동수한텐 중요할 수도 있잖아."

한재민의 얼굴이 붉으락푸르락해지는 건 당연한 수순이었다.

"그래? 그럼 어디 한번 들어나 보자. 그래서? 오늘이 대체 무슨 날인데?"

강동수가 팔짱을 끼고 거만한 자세로 한재민에게 물었다.

"걍동. 너 진짜 몰라?"

한재민은 그런 강동수를 싹 무시하고 나를 쳐다보며 물었다.

"내가 알아야 해?"

나는 침묵을 고집하다가 끝내 대답했다.

한재민은 내가 반응했다는 사실에 반색하며 특유의 야비한 미소를 지었다.

"다른 사람은 몰라도 넌 당연히 알아야지! 오늘 한부모가족의 날이잖아! 엄연히 기념일인데, 내가 같은 반 친구로서 축하의 꽃은 못 줘도 축하한다는 말은 해야지."

한재민이 연신 빈정거리며 기분 나쁘게 웃어댔지만, 나는 평소와 같이 무신경한 얼굴을 유지하려고 노력했다. 한재민이 비웃는 놀림거리가 나와는 전혀 상관없는 일이라는 듯이.

"야, 한재민."

그런데 강동수가 평소에는 듣기 힘든 단호한 목소리로 한재민 이름을 부르며 자리에서 일어났다. 순식간에 주변 분위기가 바뀌었다.

"왜?"

한재민이 정색하며 강동수에게로 시선을 돌렸다. 그 때문에 공기가 팽팽해지면서 분위기가 더욱 가라앉았다. 그야말로 언제 터질지 모르는 일촉즉발, 폭풍전야 같은 상황이 되었다.

나는 두 사람을 가만히 바라보기만 할 뿐, 자리에서 일어서지도 두 사람의 사이를 가로막아 서지도 않았다. 내 입술과 발은 조금도 움직이지 않았다. 여전히 나와는 상관없는 일처럼.

이내 강동수가 비장한 표정과 목소리로 말했다.

"나 반성문 꼭 쓴다. 그러니까 절대 말리지 마."

"미친놈이 갑자기 뭐라는 거야?"

한재민은 진심으로 짜증난다는 얼굴이었다.

나 역시 강동수가 무슨 생각으로 그런 말을 하는지 도통 알 길이 없었다. 강동수는 옆에 있는 나와 한재민의 반응 따위는 안중에도 없는 표정으로 말을 이었다.

"그동안 널 얍삽하고 비열한 인간이라고 생각해서 미안하다. 나는 네가 정말 그런 인간인 줄로만 알았어."

강동수는 누가 봐도 전혀 미안하지 않은 얼굴로 한재민의 눈을 똑바로 응시했다.

"뭐?"

"그런데 네가 이렇게 따뜻한 인간이었다니. 역시 사람은 오래

봐야 한다니까."

강동수가 말을 끝맺으며 보란 듯이 씩 웃자, 한재민 때문에 얼어붙었던 분위기가 어딘가 우스꽝스러워졌다.

"야, 강동수. 진짜 미쳤냐?"

머리는 별로 좋지 않아도 강동수가 자길 우습게 만들었다는 건 아는지 한재민이 벌컥 화를 냈다.

"미치긴. 난 오늘이 내 생일인 건 알았지만, 한부모가족의 날인 줄은 몰랐다. 근데 다음부턴 그렇게 말만 하지 말고 꽃도 꼭 사와. 기념일인데 잘 챙겨줘야지. 안 그러냐? 아, 내 생일은 챙겨줄 필요 없고."

"지금 장난하냐?"

제대로 열받았는지 한재민의 얼굴이 시뻘겋게 달아올랐다.

"왜? 너는 장난이었어? 한부모가족의 날을 장난으로 입에 올려? 어?"

"이 새끼가!"

한재민이 주먹을 꽉 쥔 채 강동수에게로 있는 힘껏 달려들었다. 강동수는 재빨리 자기 앞에 있던 의자를 발로 쭉 밀었다. 의자는 한재민의 정강이에 정면으로 부딪쳤다.

"악!"

한재민이 정강이를 붙잡고 비명을 질렀댔다.

"아오, 내가 다 아프네. 괜찮냐? 그러니까 살살 좀 달려들지."

장난인지 진심인지 알 수 없는 말을 하며 강동수가 한재민만큼이나 얼굴을 찡그렸다. 그런 강동수에게 온갖 욕설을 퍼부으며 다시 달려들려는 한재민을 최동훈과 반 애들 몇이 막아섰다.

"야, 무슨 애도 아니고. 가족 가지고 왜 그러냐?"

"좀 있으면 종 친다. 그만해라, 한재민."

그럼에도 한재민은 여전히 씩씩거리며 강동수를 노려보았다. 한재민의 시선을 따라 내 시선도 강동수에게 옮겨갔다.

강동수는 주머니에서 포스트잇을 꺼내 무언가 적더니 이내 한재민에게 다가갔다. 그러고는 그것을 한재민 이마에 탁, 소리가 나도록 붙이며 이렇게 말했다.

"나도 걍동한테 귀신처럼 무시를 얼마나 당했는데, 감히 어딜! 네 순서 될 때까지 기다려. 그게 네 번호표이자, 네가 천국 갈 확률이다!"

파란 포스트잇에는 정확히 '1/137409'이라고 적혀 있었다. 누가 봐도 생각나는 대로 갈겨쓴 숫자들이었다.

이 일로 나는 평생 강동수의 생일을 잊을 수 없게 되었다.

불편함과 익숙함 사이

"오늘 첫 수업은 뭐고?"

"미술이요."

"미술? 준비물 같은 건 없나?"

외할머니는 오늘도 아침부터 질문을 쏟아냈다.

"학교에 전부 있어요."

"그라믄 다행이고. 니 짝꿍 이름이 머라노?"

"김현지요."

"아, 맞다. 현지. 현지랑은 많이 친해졌나?"

순간 그게 외할머니랑 무슨 상관이냐고 따져 물으려다가 꾹 참았다. 자리는 금방 또 바뀔 텐데 짝과 친해지는 게 무슨 의미가 있냐고도 말하고 싶었지만, 역시 참았다.

"아니요."

대신 약간 날 선 목소리로 대답했다. 그러고는 한시라도 빨리 외할머니에게서 벗어나기 위해 얼른 가방의 지퍼를 닫았다.

"오늘도 야자하고 오나?"

현관문으로 걸어가는데 또 물었다.

새삼스러운 질문이었다. 내가 야자를 하지 않고 일찍 온 적이 없었으니까. 따로 학원이나 독서실을 다니지 않아서 될 수 있는 대로 학교에 오래 남았고, 내게 지대한 관심을 가지고 사사건건 챙기고 캐묻는 외할머니 또한 그 사실을 잘 알고 있었다. 그래서 어쩐지 질문보다는 무언가 확인하려는 것처럼 느껴졌다.

"네. 왜요? 무슨 일 있으세요?"

신발장에서 신발을 꺼내 신으며 묻자, 외할머니가 찔끔한 표정으로 손사래를 쳤다.

"일은 무슨. 늦겠다, 얼른 가라. 오늘도 힘내서 공부 열심히 하고 온나."

외할머니는 언제나처럼 내 손에 시원한 요구르트를 꼭 쥐어 주었다. 내가 잘 먹는다는 이유만으로 마트에 갈 때마다 다른 건 다 잊어도 절대 빼먹지 않고 사 오는 그 요구르트를 말이다.

"다녀오겠습니다."

나는 언제나처럼 요구르트를 가방 옆 주머니에 아무렇게나 쑤셔 넣으며 집을 나섰다. 운 좋게 버스가 바로 왔고, 신호에 한

번도 걸리지 않아서 금방 지하철역 앞에 정차했다. 출근 시간대라 사람들이 우르르 내림과 동시에 또 그만큼 올라탔다. 나는 하차할 때 편하도록 뒷문 쪽으로 자리를 옮겼다. 그러자 낯익은 사람이 앉아 있는 게 보였다.

정수정은 인기척을 느꼈는지 내 쪽을 한번 올려다보더니 들고 있던 영어 단어집에 다시 집중했다. 나는 외면하듯 고개를 휙 돌려버렸다. 정수정 앞에 서 있는 게 불편했지만, 다른 데로 자리를 옮길 새도 없이 버스는 금방 사람으로 꽉 들어찼다.

"할머니. 여기 앉으세요!"

별안간 정수정이 자리에서 벌떡 일어났다.

"아이고. 고마워요, 학생."

할머니가 인자한 얼굴로 인파를 뚫고 느릿느릿 걸어와 자리에 앉으려는 찰나에 버스가 급히 출발했다. 나는 잽싸게 두 손으로 할머니의 팔을 붙잡았다.

"아이고. 고마워요, 학생."

이번엔 나를 향한 할머니의 인자한 미소에 괜히 뻘쭘해져서 얼른 손을 놓았다. 모르는 사람에게 도움을 주는 것도, 호의를 받는 것도 어색하고 불편했다. 하지만 할머니는 다시 한번 나와 다정하게 눈을 맞추며 조심히 자리에 앉았다.

"어디 가시는 길이세요?"

정수정이 할머니 쪽으로 몸을 살짝 숙이며 물었다.

"나? 병원에 가는 길이야."

할머니는 느긋한 목소리로 대답했다.

"혹시 누가 편찮으세요?"

모르는 할머니인 것 같은데, 정수정은 자연스럽게 대화를 이끌었다.

"그런 건 아니고. 정기 검진 받으러 가는 길이야."

할머니 또한 불편한 기색이 보이지 않았다. 그런 두 사람의 모습이 나에겐 낯설게 느껴졌다. 모르는 사람에게 친절한 내 모습은 상상도 할 수 없다.

"아, 그러시구나. 누가 아프신 게 아니라니 다행이에요. 할머니는 안색이 좋으셔서 검진도 크게 걱정하지 않으셔도 될 것 같은데요?"

"학생이 아주 싹싹하고 말도 예쁘게 하네. 고마워요, 학생. 덕분에 마음이 한결 편안해졌어."

할머니는 기분 좋게 웃으며 정수정의 손을 부드럽게 어루만졌다. 역시나 기분 좋게 웃으며 할머니를 마주하는 정수정을 나는 잠시 빤히 쳐다보았다.

"이다음이 병원이에요."

정수정의 말이 끝나자마자 안내 방송이 흘러나왔고, 정수정은 할머니를 대신해 하차 벨을 눌렀다. 할머니는 버스에서 내려 뒷문이 닫힐 때까지 환한 얼굴로 정수정을 쳐다보았다. 그 따뜻한 시선은 잠시 나에게도 머물렀다.

"이번엔 네가 앉아. 특별히 양보할게."

버스가 출발하고 할머니의 모습이 보이지 않을 때까지 계속 손을 흔들던 정수정이 나를 보며 말했다.

"됐어."

나는 가볍게 거절하며 파란색 손잡이를 꽉 잡았다. 특별한 양보 따위는 필요 없었다. 결국 우리의 앞자리는 다른 사람의 차지가 되었다.

"앉으라고 할 때 그냥 앉지. 쓸데없이 고집은."

정수정은 나에게만 들리게끔 낮게 말했다.

나는 묵묵부답으로 창밖만 내다보았다. 정수정이야말로 쓸데없는 오지랖을 부리는 거라고 생각하면서. 정수정도 더 이상 나를 쳐다보지도, 말을 걸지도 않았다. 정수정은 아까처럼 영어 단어장을 보기 시작했다.

"이 요구르트는 뭐야?"

단어를 외우는 데 집중한 줄 알았던 정수정이 툭 말을 걸었다.

내 눈길이 정수정을 따라서 내 가방 옆 주머니에 든 요구르트에 가닿았다. 누가 봐도 요구르트인데, 요구르트가 뭐냐는 질문이 이상해서 이렇게 대꾸했다.

"요구르트지."

"누가 요구르트인 걸 몰라서 물어?"

"알면서 왜 묻는데."

"꼭 억지로 쑤셔 넣은 것 같아서. 불쌍하게."

"누가?"

순간적으로 내 눈빛과 목소리가 차갑게 식는 게 느껴졌다.

"누구긴 누구야. 네 가방에 처박혀 있는 요구르트지."

"그렇게 불쌍하면 네가 먹든가."

삐딱해진 마음 때문이었을까. 매번 그렇게 모든 걸 쉽게 불쌍히 여기냐고 묻고 싶었다. 불쌍해서 다른 사람한테 오지랖을 부리고, 다른 사람을 도와주는 거냐고. 그래서 중학교 때 날 도와준 거냐고 묻고 싶었다.

"내가 먹어도 되는 거야?"

꽤 공격적인 내 어조에 정수정이 찝찝한 얼굴로 물었다.

평소라면 최동훈이 요구르트를 먹어치웠을 것이다. 하지만 누가 먹어도 크게 상관없었다. 누구든 나를 대신해 먹어주기만 하면 그만이었다. 나는 대충 그렇다고 고갯짓하며 정수정한테 요구르트를 건넸다. 그 뒷일은 미처 생각하지 못한 채 말이다.

*

"치사한 놈. 비겁한 놈. 의리의 의자도 모르는 놈!"

"깡동, 나는 거기에 배은망덕한 놈까지 추가. 감히 내 요구르트를."

나는 두 손으로 귀를 꽉 막았다. '뒷일'을 생각하지 못한 대가로 말이다.

나와 정수정은 버스에서 내리자마자 때마침 다른 버스에서 막 하차한 강동수와 마주쳤다.

"어? 정수정!"

밝은 얼굴을 한 강동수가 우리 쪽으로 빠르게 가까워졌다.

"둘이 같은 버스를 타고 오네?"

강동수의 말에 정수정은 어떠한 반응도 없이 곧바로 고개를 돌려서 살짝 미소를 지으며 나에게 말했다.

"고마워. 잘 마실게."

그렇게 정수정은 우리와 점차 멀어졌고, 정문과는 점차 가까워졌다. 그게 전부였다.

"지금 이게 무슨 상황이냐?"

강동수가 미간을 찌푸리고 나를 노려보며 물었다.

"아무 상황도 아니야."

역시나 건조한 어조로 말했다.

"허, 둘만의 비밀을 만드시겠다?"

그 뒤로 강동수는 조회가 끝나자마자 또 우리 반에 쳐들어와서 비겁한 놈이니, 치사한 놈이니 하며 난리를 쳤고, 옆에서 가만히 듣고 있던 최동훈은 자신의 요구르트를 정수정한테 빼앗겼다면서 얄밉게 한마디씩 거들었다.

"뭐가 네 요구르트야. 원래 네 거 아니잖아."

나는 최동훈한테 못마땅한 눈초리를 던졌다.

"야, 이 재수 없는 놈아. 그동안 내가 먹어준 요구르트가 몇 갠데. 내 거도 내 거, 네 거도 내 거. 몰라?"

"모르는데."

"강동수는 의리의 뜻을 모른다니깐."

타이밍 좋게 강동수가 끼어들었다.

"너도 강동수야."

강동수를 바라보며 내가 태평하게 말했다.

"장난하냐? 재미 하나도 없거든?"

그러면서 강동수가 눈으로 살벌하게 욕을 해댔다.

"몇 번을 말해. 아무 상황도 아니었다고. 정수정이랑 그렇게 길게 얘기해본 것도 오늘이 처음이다."

아침의 연장전이라 나는 조금 질린 마음으로 원치 않은 변명을 하고 있었다. 하지만 따지고 보면 강동수와 정수정이 사귀는 사이도 아닌데 왜 내가 정수정이랑 몰래 만났다가 들킨 사람처럼 변명을 하고 있는지, 참……. 기분이 썩 좋지 않았다. 심지어 화기애애한 분위기 속에서 정수정한테 요구르트를 건네준 게 아니었기에 더 억울했다.

"그렇게 길게 이야기한 게 처음인데 요구르트는 왜 줘? 무슨 뜻인데? 앞으로 친하게 지내자는 거야? 아니면 네가 좋다는 거야? 뭐, 그건 너만의 고백법인가 보지?"

강동수는 내 변명 따위는 듣고 싶지도 않다는 듯 집요하게 물어뜯었다.

"야, 깡동. 그래도 고백은 아니지. 그렇게 따지면 난 대체 고백을 몇 번 받은 거야. 상상만 해도 끔찍하다."

최동훈이 나와 같은 생각을 해서 다행인 건 또 처음이었다.

"그럼 뭔데! 요구르트는 대체 왜 들고 다니는데? 왜 정수정한테 줬는데!"

강동수는 질투가 많은 드라마 여자 주인공처럼 앙칼지게 나와 정수정의 관계를 의심하며 캐물었다.

"얘네 할머니가 맨날 챙겨주시잖아. 못난 걍동은 먹지도 않으면서 먹는 척하느라 아주 바쁘고."

강동수와 한편이었던 최동훈은 그런 내가 안타까웠는지 이제야 중재에 나서주었다.

"척은 안 했는데."

엄밀히 따지자면 그랬다. 외할머니한테 남이 먹어준다고 말을 안 한 것뿐이지, 먹는 척을 한 건 아니었다.

"그게 척이 아니면 뭔데? 맨날 남들이 대신 먹어주는데. 그럴 거면 그냥 요구르트를 싫어한다고 할머니한테 솔직하게 얘기해."

또 그렇게 말하기엔 요구르트를 싫어하는 건 아니었다. 심지어 어렸을 땐 찾아 먹을 정도로 좋아했다. 하지만 어느 순간부터 외할머니가 챙겨주는 요구르트에는 손이 잘 가지 않았다. 물론 처음에는 잘 마셨다. 그렇지만 요구르트가 점점 달게 느껴지지 않았고, 언제부터가 마시면 오히려 얹힌 것처럼 속이 거북해졌다. 원하지도 않는 챙김을 받으면서 마음도 속도 불편해지는 게 짜증이 났다. 이런 내 속마음도 모르고 늘 잊지 않고 기쁘게 내 손에 요구르트를 쥐어주는 외할머니의 모습도 답답했다. 그런데도 솔직하게 말하지 않고 요구르트를 받아와 남들이 대신 먹게 내버려두는 건 내 작은 반항이자 복수였다.

"도저히 못 들어주겠네. 복에 겨워서 춤을 춰라, 춤을 춰."

가만히 듣고 있던 강동수가 녀석답지 않게 정색하며 말했다.

"왜 또 시비야."

나는 강동수가 왜 이렇게 정색하는지 이해할 수 없었다.

때마침 수업 종이 울렸고, 강동수는 뒤도 안 돌아보고 우리 반을 떠났다. 웃기게도 그날 급식 후식으로 요구르트가 나왔다.

"그건 왜 마시는데?"

요구르트를 홀짝이며 급식실을 나가려는 나에게 강동수가 다가와 말을 걸었다. 아니, 공격적으로 말을 던졌다. 나를 바라보는 강동수의 눈빛은 여전히 못마땅했다. 녀석은 한 손에 농구공을 들고 있었다.

"아까부터 왜 자꾸 시비야?"

말은 그렇게 했지만, 속으로는 강동수가 정수정 때문에 심술을 부린다고 확신했다.

"어디 가냐? 교실 가냐?"

내 말을 깡그리 무시한 강동수가 되물었다.

"이 시간에 집에 가겠냐?"

"강당에서 농구 한판 어때?"

녀석이 농구공을 한 번 튕기고는 나를 응시했다.

"안 해."

단호한 대답과 함께 미련 없이 녀석의 옆을 지나쳐 등을 보인 순간, 농구공이 정확히 내 등을 치고 바닥에 나동그라졌다. 나는 홱 뒤돌아서 녀석을 쏘아보았다.

"진 사람이 요구르트 열 개 사기. 어때? 도망가면 백 개다."

바닥에 뒹구는 공을 주운 강동수가 몸을 틀어서 걸음을 옮기더니 잠시 멈춰 서서 나를 보며 이렇게 덧붙였다. 그것도 아주아주 건방진 얼굴로.

"나 끈질긴 거 알지? 백 개, 무조건 받아낸다."

어느새 우리는 강당에 당도했다. 이번엔 내 얼굴이 불만 가득한 채로 잔뜩 구겨져 있었다.

점심시간의 강당은 말 그대로 활기로 가득했다. 이 시간이 아니면 절대 자유를 맛볼 수 없는 것처럼 학생들뿐만 아니라 선생님들도 강당으로 나와 스포츠 경기를 하고 있었다. 뿐만 아니라 무대 위에 모여 앉아서 도란도란 수다를 떨거나 게임을 하는 애들도 있었고, 한쪽 구석에서 춤 연습을 하는 댄스 동아리 부원들, 그들을 구경하며 호응하는 애들로 강당은 들쑥날쑥한 소음이 가득했다. 귀가 먹먹해지는 기분이었다.

강동수는 천천히 몸을 풀면서 강당 안을 두리번거렸다. 아무래도 정수정을 찾는 눈치였지만, 정수정은커녕 정수정의 그림자도 보이지 않았다. 녀석은 아쉬워하는 얼굴로 입맛을 다셨다.

강동수는 곧 마음을 가다듬고는 바닥에 공을 몇 번 튕겼다. 그대로 경기가 시작되었다. 나는 농구를 잘하지도 좋아하지도 않았다. 녀석과 내기 경기를 할 생각도 없었다. 그저 시간만 때울 생각이었기에 우리의 경기는 긴장감은커녕, 차마 경기라고 할 수 없는 수준으로 진행되었다. 내가 뛰는 속도는 거의 걷기에 가까웠고, 강동수가 어쩌다 공을 놓쳐서 내가 잡아도 금방 강동수의 손에 넘어갔다. 멀리서 보면 강동수가 혼자 이리저리 뛰어다니는 것처럼 보였을 것이다.

"농구를 무시하는 거냐, 나를 무시하는 거냐?"

내 한심한 경기력에 인내심이 바닥난 녀석이 도저히 못 참겠다는 듯 나에게 농구공을 거칠게 던지며 소리쳤다.

"둘 다 아닌데."

맹세코 그 무엇도 무시한 적 없었다. 다만 괜한 데 힘을 쓰고, 땀을 흘리는 게 싫었을 뿐이다. 애초에 경기에 응한 것도 그렇게 하지 않으면 또 귀찮게 달라붙을 게 뻔해서 그랬던 거니까.

"최선을 다하라고!"

강동수의 외침과 함께 경기는 금방 재개되었다. 나는 하는 수 없이 적당히 장단을 맞추며 조금 더 빨리 움직였고, 강동수도 더는 불만을 표출하지 않았다. 그렇게 경기는 반전 없이 강동수의 대승리로 드디어 끝이 났다.

"내가 이겼으니까 내일부터 요구르트 하나씩 바쳐라."

나는 알겠다고 대답했다. 그다지 어려운 일도 아니었다. 되레 나한테 유리하다는 생각까지 들어서 경기 다음 날부터 정말 하루도 빠짐없이 강동수에게 요구르트를 챙겨주었다. 녀석은 요구르트를 받을 때마다 호들갑을 떨었다. 처음엔 그저 흡족한 얼굴로 기분 좋게 받더니, 날이 갈수록 점점 인위적인 상황극을 하기 시작했다.

"아버지! 오늘도 오직 저를 위해서 귀한 요구르트를 구해오셨군요! 아버지의 뜨거운 사랑에 정말 가슴이 벅차오릅니다, 흑."

"……."

그러면서 내 두 손을 꼭 잡은 징그러운 강동수를 나는 거침없이 밀어냈다.

또 한 번은.

"강 비서, 왔어? 내가 지금 무척 바쁘니까 요구르트만 내 책상에 놓고 나가."

나는 요구르트를 거의 던지다시피 녀석에게 전달했다.

가장 어이없던 상황극은 이것이었다.

"하! 내가 고작 그런 뇌물에 넘어갈 것 같아? 어? 나를 뭐로 보고! 나는 대한민국 제일의 경찰이라고. 그러니까 그 요구르트 가지고 당장 꺼져!"

그래서 그날은 정말 그렇게 했다. 그러자 강동수가 곧장 멋없게 쫓아오며 장난이었다고 소리쳤다. 내가 끝까지 요구르트를 주지 않자, 오전 내내 반으로 찾아와 사람을 귀찮게 하면서 다시는 그런 장난을 치지 않겠다고 꽤 진지하게 사과까지 했다. 나는 요구르트를 녀석에게 넘겨주었다. 강동수의 상황극이 어이는 없어도 화가 나지는 않았다.

하지만 열흘 동안 강동수는 요구르트를 기분 좋게 받기만 할 뿐 일절 입에 대지 않았고, 열 개의 요구르트는 날마다 다른 친구의 목구멍으로 넘어갔다. 마시지도 않으면서 요구르트 내기를 제안한 녀석이 도저히 이해가 안 가서 결국 내가 따져 물었다.

"도대체 내기는 왜 했는데? 내가 정수정한테 줄까 봐 그랬냐?"

"오, 그건 전혀 생각 못했는데. 또 줄 생각이었나 보지?"

강동수가 얄미운 표정으로 받아쳤다.

"지금 너랑 말장난할 시간 없는데."

"그렇겠지. 이동 안 하냐? 곧 야자 시작한다."

야간 자율 학습 시간에는 반과 상관없이 지정석이 따로 있었다. 내 지정석은 3반 2분단 맨 끝줄이었고, 강동수는 우리 반 자리 중 하나에 앉았다.

"됐다. 내가 너랑 무슨 얘기를 하냐."

나는 체념한 채로 짐을 하나둘 챙기기 시작했다. 그러자 강동수의 입이 다시 열렸다. 처음 들어보는 나직한 목소리였다.

"나 요구르트 별로 안 좋아해. 애초에 먹을 생각도 없었고. 그냥 궁금했을 뿐이야."

"뭐가?"

짐을 싸다 말고 녀석을 쳐다보았다.

"매일 누군가가 나를 챙겨주는 기분이."

"그게 왜 궁금한데?"

"나는 익숙하지 않으니까."

익숙하다고 다 좋은 건 아니었다. 나는 그랬다. 익숙하다 못해 무조건적으로 나를 챙기는 외할머니가 나는 너무나도 불편했다.

"그래서 적어도 그 열흘 동안 넌 나한테 최고였어, 걍동."

강동수가 사뭇 진지하게 말했다.

"…… 그것도 드라마 대사냐?"

"아니. 내 진심인데?"

강동수의 얼굴 또한 진심이었다. 나를 똑바로 응시하는 강동수의 두 눈은 흔들림 없이 진지했다.

"너도 엄마한테 매일 요구르트 챙겨달라고 하면 되잖아."

괜히 멋쩍어서 얼른 말했다. 그리고 곧바로 후회했다.

"요구르트를 매일 챙겨주는 것까진 바라지도 않는다."

싱겁게 웃으며 말하던 녀석의 낯빛이 금세 어두워졌다. 나는 습관적으로 입을 꾹 다물었다. 가족과 관련된 대화가 불편하고 어색하기 때문이었다. 녀석의 가족을 언급하고 바로 후회한 것도 같은 이유였다. 이런 불편함이 나에겐 너무나도 익숙했다. 가족 이야기는 언제나 나를 불편하게 만들었으니까.

묘한 정적 속에서 강동수와 내 눈길이 다시 마주쳤다. 녀석이 먼저 시선을 휙 피했다. 분명 생각이 많은 얼굴이었지만, 무슨 생각을 하는지는 알 수 없었다. 그래도 한 가지 확실한 건 불편함을 나만 느낀 게 아니었다는 점이었다.

입장 차이 1

    수업 시간 중간에 내 핸드폰이 짧게 진동했다. 다행히 아무도 눈치 채지 못한 분위기였다. 쉬는 시간이 되자마자 몰래 핸드폰을 꺼내서 문자 메시지를 확인했다.

    -밥은 잘 먹고 다니지? 아픈 데는 없고?

    발신자는 저장된 이름 없이 번호만 적혀 있었지만 누가 보냈는지 바로 알 수 있었다. 나한테 이런 문자를 보낼 사람은 딱 한 사람뿐이니까. 나는 답장을 하지 않고 그대로 핸드폰의 전원을 꺼버렸다.

"강동수랑 싸웠지?"

그때 최동훈이 내 자리 옆으로 다가와 창가에 기대며 말을 걸었다.

"아니."

핸드폰을 가방에 쑤셔 넣고, 옆 주머니에서 꺼낸 요구르트를 최동훈한테 건네며 대답했다.

"아니라면서 아침부터 표정이 왜 그러냐?"

최동훈은 기다렸다는 듯이 요구르트를 익숙하게 받아들었다. 강동수와 요구르트 내기를 하고 열흘이 지나서 요구르트는 다시 최동훈의 손에 넘어갔다.

"내 표정이 뭐?"

녀석에게 무심히 시선을 주며 물었다.

"안 그런 척 포커페이스를 유지하려고 애를 쓰지만, 되게 불만스러워 보여. 지금 네 얼굴."

최동훈이 얼른 이렇게 말을 덧붙였다.

"그러면 넌 또 아니라고 하겠지."

"맞아. 아니야."

녀석한테서 시선을 거두며 무미건조하게 말했다.

"맞다는 거야, 아니라는 거야."

"아니라고."

최동훈은 역시 그럴 줄 알았다는 식으로 기분 나쁘게 웃음을 흘렸다. 이해는 안 되지만, 최동훈은 늘 내 반응에 즐거워했다. 어떨 때 보면 구멍 난 장갑에 초콜릿을 꼭꼭 숨기는 어린애 같다나 뭐라나. 어떻게든 숨기려고 애를 써도 속마음이 다 보인다는 뜻이었다. 썩 기분 좋은 말은 아니었다.

녀석은 처음부터 그랬다. 새 학기가 시작되고 얼마 지나지 않은 때였다. 체육 시간에 최동훈이 뜬금없이 다가와서 이렇게 말했다.

"배드민턴은 치기 싫은데 딴짓하다 걸리면 귀찮아지니까 고민하느라 그렇게 어정쩡하게 서 있는 거지?"

녀석은 마치 탐정이라도 된 것처럼 날카롭게 나를 살피면서 우쭐해진 얼굴로 말했다.

"나랑 짝하자."

"내가 왜?"

그런 최동훈을 경계하면서 겉으로는 심드렁하게 대꾸했다.

"나도 너랑 같은 마음이니까. 나랑 짝해서 대충 하는 척만 하자고."

잠시 고민했지만, 녀석의 제안이 나쁘지 않다는 생각이 들었다.

"그러든가."

"근데 너 말투 되게 웃기다."

"뭐라는 거야."

오히려 나는 그 반대였다. 마치 탐정 같은 녀석의 말투가 특이하다고 생각했다. 주변을 경계하는 내게 아무렇지도 않게 먼저 말을 걸어온 최동훈은 의외로 과묵한 편이었다. 할 말과 해야 할 말은 어떤 상황에서든 빼지 않고 하는 스타일이지만 쓸데없는 말은 굳이 하지 않았다. 솔직하고 가식도 없었다. 그게 우리가 그나마 친해진 이유이기도 했다.

최동훈과의 첫 만남을 떠올리던 나는 문득 생각을 멈추었다. 짚고 넘어갈 건 짚고 넘어가야 할 필요성을 느꼈기 때문이다.

"내 표정이 안 좋은 거랑 강동수랑 무슨 상관인데?"

"깡동한테 연락 안 와서 표정 썩은 거잖아."

"뭐?"

기가 차서 겨우 한마디 했다.

"며칠 전에, 야자 시작 전에 깡동이랑 둘이서 굳은 얼굴로 있는 거 봤어. 둘이 싸웠다는 결정적인 증거도 있지. 화장실 가듯 우리 반을 들락거리던 깡동이 며칠째 찾아오질 않잖아."

거기에 대해선 딱히 뭐라고 할 말이 없었다. 강동수가 우리 반에 찾아오지 않는 이유는 나도 모르니까. 아니, 이유는커녕 나는 강동수에 대해 아는 것이 그리 많지 않았다.

야간 자율 학습이 시작되자 추적추적 여름비가 내리기 시작했다.
'비 소식이 있었던가.'

창밖을 내다보며 생각했다. 잘 기억나지 않았다. 하지만 소식을 알았든 몰랐든 외할머니 때문에 내 가방엔 언제나 우산이 들어 있었다.

빗소리를 핑계 삼아 좀처럼 공부에 집중하지 못하고 연신 핸드폰만 만지작거렸다. 이내 문자 메시지함에 들어가서 아침에 온 문자를 눌렀다가 곧바로 핸드폰의 화면을 꺼버렸다. 평소에는 연락 한 번 없다가 문득 생각나서 보낸 것 같은 의무적인 문자에 답해줄 생각이 전혀 없었다.

나는 핸드폰을 내려놓고 문제풀이에 집중하려고 노력했다. 하지만 아무리 노트를 보고 있어도 머릿속에 내용이 하나도 들어오지 않았다.

불똥은 자연스레 강동수한테 튀었다. 내킬 때만 연락하는 누구처럼, 자기 멋대로 나타나고 사라지는 강동수가 갑자기 괘씸했다. 내 의견이나 마음은 안중에도 없고, 중요하지도 않다는 식으로 행동하는 게 꼭 나를 무시하는 것처럼 느껴졌다.

쉬는 시간이 되자마자 내가 먼저 녀석을 찾아갔다. 녀석의 모습이 보이지 않아 신경이 쓰이는 것과 별개로, 왜 그렇게 마음대로 행동하냐고 따져 물어야 속이 좀 풀릴 것 같았다.

그러나 강동수의 자리는 텅 비어 있었다. 인생은 좀처럼 내가 원하는 대로 흘러가지 않는다. 심사가 꼬일 대로 꼬인 나는 자리로 돌아오자마자 강동수한테 메시지를 보냈다. 녀석에게 보내는 첫 메시지였다.

-야자는 왜 튀냐?

금방 답장이 왔다.

-어머! 저를 찾으셨어요? 웬일이래? 밖에 비 오던데 벼락 맞음?

한 가지 물음에 날아온 세 가지 되물음을 보고 메시지 보낸 걸 후회하려던 찰나, 녀석한테서 또 답장이 왔다.

-튄 게 아니라 당당히 두 발로 걸어서 나온 거다!

잠시 고민하다가 다시 메시지를 보냈다.

―집이냐?

 곧 진동이 울렸다. 메시지를 확인한 나는 쉬는 시간이 끝났음을 알리는 종이 울리기 직전에 가방을 챙겨서 강동수가 있는 곳으로 향했다. 우중충한 날씨 때문일까. 나로서는 굉장히 충동적인 행동이었다. 이상하게 그냥 내가 있는 곳을 당장 벗어나고 싶었다. 있던 곳이 학교여서 그랬던 것은 아니다. 집이나 다른 어떤 공간이었어도 나는 같은 선택을 했을 것이다. 온 우주의 기운이 나를 짓누르는 것 같은 답답한 기분이었다.

 강동수는 집이 아니라 학교 근처 사거리에 있는 피시방이라고 했다. 걸어서 십 분도 채 안 걸리는 곳이어서 찔끔찔끔 내리는 비를 별생각 없이 맞으며 걸어갔다. 요구르트와 같은 이유로 외할머니가 챙겨준 우산에 손이 잘 가지 않는 것도 있었지만, 우산을 쓰는 것 자체가 귀찮기도 했다.

"모범생의 흥미진진한 학교 탈출기?"

 목적지에 다다라 살짝 젖은 앞머리를 털면서 지하 피시방으로 내려가려는 순간, 옆에서 목소리 하나가 날아왔다. 소리가 나는 쪽으로 고개를 휙 돌렸다. 강동수가 옆 건물 편의점 앞에서 고양이와 나란히 우산을 쓴 채 쪼그리고 앉아서 나를 쳐다보고 있었다.

"아니면, 범생이의 일탈이 궁금하다면?"

강동수가 연달아 입을 열었다.

녀석은 기분이 유달리 좋아 보였다.

나는 거기서 뭐 하냐는 눈빛을 쏘아보내며 강동수에게 다가갔다.

"아! 좋은 게 생각났어. 범생이, 알고 보니 누구보다 양아치! 이건 어때? 호기심이 확 생기는 제목 아니냐? 아니면 아예 철학적인 느낌으로, 도대체 무엇이 범생이를 이곳까지 이끌었는가?"

"무슨 소리를 하는 거야, 지금?"

나를 보자마자 알 수 없는 소리를 하는 강동수에게 타박하듯 물었다. 그리고 녀석이 아까부터 범생이 타령을 하는 이유는 영어와 수학은 성적으로 상, 중, 하로 나눠서 이동 수업을 했고, 두 과목 다 3반인 강동수와 달리 나는 두 과목 모두 1반이었기 때문이다. 물론 1반이 상반, 3반이 하반이다. 내가 상반인 걸 알게 된 녀석은 의외라고 놀라며 가끔 나를 범생이라고 부르곤 했다. 단지 성적이 좋다는 이유만으로 말이다.

하지만 범생이는 나를 잘 나타내는 단어가 아니다. 내가 생각하는 모범생은 사전에 정의된 바와 같이 학업이나 품행이 본받을 만한 학생이었다. 나에겐 본받을 만한 점이 없다는 걸, 나는 아주 잘 알고 있다.

"저 멀리서 네가 보일 때부터 고민했어. 지금 네 행동을 글로

쓴다면 제목은 뭐가 좋을까 하고."

참 강동수다운 발상이라고 생각했다.

"근데 넌 우산도 없냐?"

녀석이 고양이를 품에 안고 몸을 일으켰다. 들고 있던 파란 우산은 내 머리 위에 반쯤 걸쳐놓았다.

"그러는 너는 야자 튀고 여기서 뭐 하고 있는데? 아까는 피시방이라며."

"아이, 진짜. 난 너처럼 튄 게 아니라 두 발로 당당히 걸어 나온 거라고 몇 번을 말해? 이번 달은 야자 신청 안 했으니까!"

"담임이 그냥 두냐?"

"학원 다닌다고 하니까 돈 아깝지 않게 공부 열심히 하라고 하던데?"

강동수는 태평한 얼굴로 대답했다.

"너 이번에 성적 안 오르면 거짓말한 거 다 들키겠네."

"넌 무슨 그런 끔찍한 소리를 아무렇지도 않게 하냐?"

"뭐, 사실이잖아."

나는 가볍게 어깨를 으쓱했다.

"아오, 재수 없기는. 네 일 아니다 이거지?"

강동수가 눈꼬리를 치키는 순간, 딸랑거리는 소리와 함께 편의점 문이 열리면서 아주머니 한 분이 등장했다.

"똥깡이, 내가 아까부터 문 앞에서 그러고 있지 말라고 했지? 말 안 듣는 똥깡이 때문에 오늘 장사 다 망했네, 다 망했어."

"에이, 사장님. 엄밀히 말하면 사장님 장사가 망한 건 저 때문이 아니죠. 저 나온 지 십 분도 안 됐어요."

"뭐, 이 똥깡아?"

"제가 아니라 흐린 날씨 때문이라는 거죠. 봐 봐요. 밖에 비가 오니까 사람들이 안 지나다니잖아요. 그러니까 당연히 손님도 없죠!"

"너 조용히 안 해? 우리 편의점 손님 없는 거 동네방네 다 떠들고 있네, 이 녀석이."

"앗, 그러게요. 죄송해요. 사장님."

또박또박 말대꾸를 하던 강동수가 크게 웃음을 터뜨렸다.

"죄송하기는 개뿔! 죄송하다면서 그렇게 크게 웃어? 우리 메롱이나 이리 줘. 메롱아, 저 못된 오빠한테서 당장 떨어져."

말은 그렇게 해도 편의점 사장님한테서 학생부장 선생님의 얼굴이 보이는 듯했다. 강동수를 바라보며 웃던 학생부장 선생님의 애정 깊은 눈빛과 표정 말이다. 사람만 다를 뿐 분명 같은 표정이었다.

"이쪽은 똥깡이 친구? 훤칠하니 잘생겼네."

편의점 사장님이 고양이를 품에 안고 부드럽게 쓰다듬으며 나를 쳐다보았다.

"안녕하세요."

나는 바로 고개를 숙이며 인사했다.

"에이, 사장님. 솔직히 잘생긴 건 저죠!"

강동수가 잽싸게 끼어들자,

"아, 네."

편의점 사장님은 녀석의 잘난 척이 익숙하다는 듯이 장난스럽게 말하며 메롱이와 함께 편의점 안으로 들어갔다.

"밖에서도 그러면 안 창피하냐?"

"사실인데 왜 창피해? 우리도 들어가자."

강동수는 내 면박에 아랑곳없이 한쪽 구석에 활짝 펴진 우산을 내려놓고, 편의점 안으로 쏙 들어가버렸다. 나도 녀석을 따라서 걸음을 옮겼다. 창가 쪽 테이블에는 먹다 남은 샌드위치와 딸기우유가 올려져 있었고, 의자에는 강동수의 가방이 떡하니 자리를 차지하고 있었다. 강동수는 다른 의자를 가리키며 나한테 앉아 있으라고 말한 뒤 또 어디론가 가버렸다.

잠시 후, 계산대 쪽에서 이러니저러니 시비를 가리는 말소리가 들려왔다. 편의점 사장님이 무언가를 사려는 강동수에게 돈을 받지 않으려는 듯했다.

"가뜩이나 손님도 없는데 이렇게 다 퍼주시다가 진짜로 편의점 망하면 어떡해요!"

"공짜로 주는 게 아니라 내가 대신 사주는 거라고."

"아까 샌드위치도 사주셨잖아요."

"그건 네 거고. 이건 똥깡이 친구 거야. 오늘 처음 왔잖아."

"사장님. 손님이 처음 올 때마다 매번 이렇게 사주시는 거예요?"

엉뚱한 질문을 제법 진지하게 하는 강동수 때문에 사장님이 웃음을 터뜨렸다.

"그럴 리가. 너희는 내 자식 같아서 그렇지."

"저희가 아무리 예뻐도 자제해주세요. 편의점이 망하면 안 되니까요. 저는 졸업해도 여기 자주 오고 싶단 말이에요. 그리고 이건 제가 사야 해요."

결국 강동수의 승리로 긴 싸움이 끝이 났고, 녀석은 꽤 만족스러운 얼굴로 돌아왔다.

"먹어라."

그러고는 평범한 요구르트보다 몸체가 큰 요구르트를 내 앞에 내려놓고 휘파람을 불어댔다.

"이걸 나한테 왜 사주는데?"

나는 정색하며 물었고, 강동수는 가볍게 대답했다.

"친구야. 이럴 땐 '이걸 나한테 왜 사주는데?'가 아니라 '고마워, 잘 마실게.'라고 하는 거야. 알겠니? 알겠으면 따라해 봐."

"누가 사 달라 그랬냐고?"

"어쨌든 받았으니까 그냥 기분 좋게 고맙다 말하고 먹으면 되잖아. 저번에 보니까 아주 잘만 먹던데."

"사 달라고도 안 했는데, 내가 왜?"

"됐어. 먹지 마, 먹지 마! 내놔! 여기까지 나를 찾아와준 게 고마워서 인심 좀 썼더니 그게 그렇게 불만이냐? 어?"

그냥 이유를 물었을 뿐인데 강동수가 욱한 얼굴로 따발총처럼 다다다 따졌다.

"그리고 이게 얼마나 힘들게 사온 요구르튼데! 너한테 홀대받을 요구르트가 아니라고! 넌 나중에 요구르트 거절한 걸 엄청 후회하게 될 거다, 이 자식아!"

녀석은 내 앞에 내려놓은 요구르트를 다시 홀랑 가져가서 자기 앞에 내려놓으며 계속 구시렁거렸다.

"할머니가 매일 챙겨주는 요구르트도 죄다 남한테 주더니 아주 배가 불렀어. 쫄쫄 굶어봐야 요구르트의 소중함을 알지."

드디어 할 말을 끝낸 강동수가 아무렇지 않게 샌드위치와 딸기우유를 마저 먹기 시작했다. 나는 그런 녀석을 가만히 지켜보다가 물었다.

"편의점에서 샌드위치 먹으려고 야자 신청 안 했냐?"

"너야말로 나한테 시비 걸려고 야자 튀고 우산도 없이 비 맞으면서 여기까지 왔냐?"

강동수는 마지막 남은 샌드위치 한입을 마저 먹고 빈 봉지를 구기며 나를 응시했다.

"따지러 왔는데."

"뭘 따져?"

"넌 왜 그렇게 이기적이고 제멋대로인지."

"뭔 소리야. 지금 싸우자는 거냐?"

제멋대로인 녀석에게 따지러 온 건 맞았다. 하지만 막상 녀석의 얼굴을 보니 입이 떨어지지 않았다. 생각해 보니 왜 우리 반에 찾아오지 않냐고 따지는 것도 웃겼다. 강동수가 의무적으로 나를 찾아와야 하는 이유는 없으니까.

"사람 얼굴 보면서 뭔 생각을 그렇게 해? 설마, 진짜 시비 걸려고 왔냐?"

강동수가 설마설마 하다가 어이없다는 얼굴로 물었다.

"좀 조용히 해."

"더 난리 치기 전에 빨리 말해. 여기까지 왜 왔냐고."

녀석은 나를 집요하게 노려보았다.

"그래. 시비 걸려고 왔다. 됐냐?"

"그럼 그렇지……. 네가 나를 그리워하거나 보고 싶어서 찾아올 리가 없지. 내가 뭐라고. 내가 잠시 큰 착각을 했다."

녀석은 허탈한 얼굴로 짐짓 태연하게 말했지만, 기분은 진심으로 상한 것처럼 보였다.

"넌 집에 안 가고 여기서 뭐 하고 있는데?"

나는 그 모습을 애써 못 본 척하며 물었다.

"참나, 그건 궁금한가 보지? 피시방에서 열심히 글 쓰다가 출출해서 편의점에서 샌드위치 먹고 있었다, 왜?"

강동수는 시비를 걸려고 온 주제에 자기가 뭐 하고 있었는지 궁금해하는 나를 못마땅한 눈빛으로 쳐다보며 말을 이었다.

"사장님은 재고 정리하느라 바쁘다며 나랑 놀아주지도 않고 혼자 쓸쓸하던 찰나에 너한테, 그것도 처음으로 연락이 와서 메롱이랑 마중 나가 있었던 거고. 아, 고작 시비나 걸려고 온 너한테 미안함을 느끼라고 한 말은 아니야."

아니라고는 했지만, 녀석의 의도가 너무 뻔히 보였다.

"무슨 글?"

나는 전혀 아랑곳하지 않고 내가 궁금한 것만 계속 물었다.

잠시 분한 표정을 짓던 강동수가 이내 말없이 자신의 핸드폰을 내 얼굴 쪽으로 내밀었다. 나는 핸드폰을 유심히 들여다보았다. 굵은 파란 글씨로 크게 '드라마 극본 공모전'이라고 쓰여 있었다.

"미성년자도 지원 가능해?"

강동수가 핸드폰 화면을 잠깐 만지더니 다시 내 앞으로 들이

밀었다. 이번엔 '청소년이면 누구나 응모 가능'이라고 적혀 있었다. 강동수가 준비하는 공모전은 청소년 드라마 극본 공모전이었다. 나는 어떤 내용을 쓰냐고 물어보려다가 관뒀다.

"요 며칠 학교에서도 공모전 글 쓰느라 너희 반에 가지도 못했다. 아니지, 너나 최동훈은 오히려 좋았으려나?"

강동수가 쓸쓸하게 웃으며 말을 끝맺었다. 여기까지 왜 왔냐고 집요하게 물어볼 때도 그렇고, 대뜸 기가 죽은 말투도 그렇고, 녀석은 기분이 휙휙 바뀌는 것 같았다. 지금은 내가 처음 편의점에 도착했을 때와 완전히 다른 분위기를 풍겼다.

"집에 컴퓨터 없냐? 왜 피시방에서 글을 써. 정신 사납게."

나는 쓸데없이 분위기가 무거워질까 봐 무슨 일이 있냐고 묻는 대신에 퉁명스럽게 말했다.

"집에 컴퓨터 있지."

"근데?"

"근데."

강동수는 잠시 말이 없었다. 나는 가만히 기다렸다. 그것 말고는 할 수 있는 일이 없었다. 그렇게 한참 동안 뜸을 들인 뒤 녀석은 입을 열었다.

"집에 컴퓨터는 있는데, 나를 반겨주는 사람은 없어."

대화 주제가 왜 또 이렇게 될까⋯⋯. 또다시 익숙하게 느껴지는 '불편함'에 나는 창밖으로 시선을 옮겼다. 강동수 말처럼 비가 와서 그런지 거리에는 오가는 사람이 거의 없었다. 분주하게 지나가는 차들과 날씨와 상관없이 묵묵히 제 일을 하는 신호등과 가로등을 천천히 번갈아 바라보았다. 비는 다시 쏟아지기 시작하더니 점차 거세졌다.

강동수는 저번처럼 생각이 많은 얼굴이었다.

"걍동아."

곧 녀석이 낮은 목소리로 나를 불렀다. 그러고는 의미심장하게 운을 뗐다.

"내가 여기로 이사 온 이유가 뭔지 알아?"

"뭔데?"

나는 일말의 궁금증으로 순순히 물었다.

강동수를 따라다니던 무성한 소문들이 사실이었을까?

"우리 형 때문에."

녀석의 입에서 의외의 대답이 튀어나왔다.

곧바로 나는 강동수의 대답이 의외라고 느낀 이유를 깨달았다. 나는 당연히 강동수가 외동일 거라고 생각했다. 그런데 형이라니? 할머니가 일찍 돌아가셨다는 것 말고는 나는 녀석에 대해 아는 것이 정말 거의 없었다.

입장 차이 2

날씨는 계속 나빠졌다. 빗줄기는 굵어지다 못해 퍼붓는 수준으로 대차게 쏟아졌고, 중간중간 천둥번개까지 요란하게 쳤다.

그때 핸드폰이 진동했다. 외할머니가 보낸 메시지였다. 비가 많이 오니 이따 들어올 때 조심해서 오라는 내용이었다. 힘내서 공부 열심히 하라는 말도 빼놓지 않았다. 나는 네, 하고 짧게 답장을 보내려다가 말았다. 괜한 반항심이었다. 외할머니가 원하는 대답을 고분고분하게 하고 싶지 않았다.

자연스레 외할머니가 가방 안에 넣어 둔 우산이 떠올랐다. 아까부터 비는 잦아들었다가 퍼붓기를 반복하며 연신 내리고 있었지만, 우산은 제 역할을 하지 못한 채 여전히 가방에 처박혀 있었다.

"할머니야?"

강동수가 내 표정을 살피며 물었다.

"왜 형 때문에 이사를 왔는데?"

나는 강동수가 바꾸려는 대화의 주제를 다시 원점으로 돌렸다.

"할머니 맞네. 네 얼굴에 쓰여 있어, 할머니라고. 할머니 얘기만 나오면 짓는 특유의 못마땅한 표정이 있거든. 넌 모르겠지만."

나에 대해서 다 안다는 식으로 말하는 녀석의 재수 없는 어투에 나는 눈을 매섭게 뜨고 다시 물었다.

"왜 이사를 온 게 형 때문이냐고."

"그 전에. 나도 뭐 하나만 물어보자. 전부터 궁금했는데 넌 할머니한테 왜 그렇게 삐딱하냐?"

"아."

"왜 할머니한테 못되게 구냐고."

"네가 무슨 상관인데."

잠시 나를 빤히 쳐다보던 강동수가 짧게 한숨을 쉬었다.

"하긴, 뭐 할머니한테만 그러나? 나한테도, 아니 모든 사람한테 다 그러지. 저 고집을 누가 말려."

한발 물러난 녀석이 곧장 이어서 말했다.

"우리 형이 한국대를 다니거든. 한국대가 여기서 가깝잖아. 그래서 온 가족이 이사 왔어."

한국대는 우리 동네뿐만 아니라 전국에서 알아주는 명문대다.

강동수가 왜 전학 왔는지 비로소 알게 된 나는 맥이 풀리는 느낌이었다. 강동수를 따라다니던 자극적인 소문들을 생각하면 이사 온 진짜 이유가 너무 단순해서 어이가 없을 정도였다.

하지만 강동수의 표정은 내 생각처럼 단순해 보이지 않았다. 외할머니 얘기만 나오면 무의식으로 못마땅한 표정부터 짓는 나처럼, 강동수는 가족 얘기만 나오면 생기가 싹 사라졌다. 어딘가 침울하고 생각이 많아 보이는 얼굴이 기본값이었다. 항시 밝고 자신만만한 강동수라서 그런 작은 변화가 더욱 눈에 띄었다.

"그것만으로도 알 것 같지 않냐?"

녀석이 요구르트의 뚜껑을 만지작거리며 물었다.

"뭐가?"

내 시선은 잠시 강동수의 손가락에 머물렀다.

"우리 집에서 형의 존재감이 얼마나 큰지. 아주 어마어마해. 넌 상상도 못할걸? 우리 형은 엄마 아빠의 자랑이자 희망이거든. 그러니 형이랑 정반대인 내가 얼마나 한심해 보이겠냐?"

강동수는 자조적인 웃음을 보인 뒤 나를 쳐다보았다.

"강동아. 내가 웃긴 얘기 하나 해줄까?"

나는 그저 듣고만 있었다.

"우리 엄마 직장분들은 내 존재를 아예 모르는 것 같더라."

녀석이 다시 자조적으로 웃었다.

"어떻게 알았냐고? 나도 알고 싶지 않았는데……. 아마 재작년이었을 거야. 엄마 동료 한 분이 크리스마스 선물로 가족들이랑 쓰라고 귀여운 머그잔을 사서 보냈는데 머그잔이 세 개였어. 웃기지?"

그러면서 녀석이 키득거렸지만, 나는 전혀 웃기지 않았다. 대체 어느 부분에서 웃어야 하는지 알 수도 없었다. 너는 진심으로 이게 웃기냐는 표정으로 녀석을 쳐다보았다.

"그리고 웃긴 얘기 하나 더."

녀석의 얼굴에서 점차 웃음기가 사라졌다.

"여기로 이사를 온 게 우리 형을 위해서이기도 하지만, 나에 대한 일종의 경고나 압박이기도 해. 나도 정신 차리고 열심히 공부해서 형처럼 이름난 좋은 대학교에 가라 이거지. 이왕이면 가까운 한국대면 더 좋고."

강동수는 어두운 그림자가 깃든 얼굴로 멍하니 밖을 응시하더니 이내 만지작거리던 뚜껑을 열어서 요구르트를 마셨다.

"원래 요구르트 달아서 별로 안 좋아했는데 오늘은 달아서 맛있네. 먹을 만하네."

강동수는 한 번 더 요구르트를 홀짝였다. 요구르트 덕분인지 녀석의 표정이 한결 누그러졌다.

"아, 큰일 났다!"

그러고는 표정과 어울리지 않는 말을 내뱉었다. 그 와중에도 강동수는 마시다가 만 요구르트의 뚜껑을 야무지게 닫았다.

"큰일은 무슨. 작은 일도 안 일어난 것 같은데."

실제로 우리 주변엔 아무 일도 일어나지 않았고, 나는 보이는 그대로 말했다.

"그럼 되게 작은 일이라고 하자. 아, 되게 작은 일 났네. 요구르트의 새콤달콤한 맛을 알아버렸어. 이래서 네가 할머니가 매일 챙겨주는 요구르트를 한사코 거부했구나?"

"결론이 왜 그렇게 되는데?"

강동수의 생각을 종잡을 수가 없었다.

"한번 마시면 자꾸 생각나는 달콤한 요구르트처럼 너를 매일 챙겨주는 할머니의 관심과 사랑에 익숙해질까 봐 일부러 삐딱하게 구는 거잖아. 내 말이 틀려?"

확신에 찬 표정을 짓던 강동수가 이내 의아한 얼굴을 했다.

"근데 그게 대체 왜 싫지? 좋은 거 아니야? 나를 챙겨주는데? 사랑해주는데?"

강동수는 제 생각이 맞을 거라고 굳게 믿는 듯했지만, 틀렸다. 나는 외할머니의 관심과 사랑에 익숙해질까 봐 요구르트를 거부하는 게 아니다. 외할머니의 챙김을 받을 때마다 스스로가 초라한 인간처럼 느껴졌다. 외할머니는 남들과 다르게 아빠가 없는 나를 더 애틋하게 챙겼고, 대놓고 티는 안 냈지만 안쓰러워했다. 나는 그런 기분을 느끼고 싶지 않았다. 패배자의 기분 말이다. 외할머니가 나를 챙기는 행동은 마치, '넌 아빠도 없고, 보잘것없는 사람이니까 내가 잘 챙겨줄게.' 하고 말하는 것 같았다. 그래서 외할머니의 챙김을 받아들이는 순간, 스스로가 불쌍하고 초라한 인간이라는 사실을 인정하는 꼴이 돼버리는 것 같아 자꾸만 거부감이 생겼다.

"야, 강동. 큰일은 내가 아니라 네가 난 것 같은데? 갑자기 표정이 왜 그러냐?"

"내 표정이 뭐."

"뭐가 또 그렇게 마음에 안 드는데?"

녀석은 순순히 대답을 내놓지 않는 나를 그럴 줄 알았다는 눈으로 쳐다보며 계속 조잘거렸다.

"아, 얘기하다 보니 우리 할머니가 평소보다 더 보고 싶네."

"넌 할머니를 왜 그렇게 좋아하냐?"

나는 냉큼 녀석의 말에 응하며 대화 주제를 불편하지 않게 바꾸었다. 동시에 학기 초에 외할머니와 단둘이 사는 나를 부러워하던 강동수의 진심 어린 얼굴이 분명하게 떠올랐다.

강동수가 선뜻 대답했다.

"사람은 좋은 기억을 가지고 평생을 살아가는 거래. 나한테 좋은 기억은 할머니와 함께했던 순간들이야. 떠올리는 것만으로도 기분이 좋아질 만큼 특별하고 소중해."

녀석은 할머니 이야기에 금방 생기를 되찾았다. 들떠 보이기까지 했다.

"아직도 할머니에 대한 기억이 생생해. 어렸을 때 집에 들어가면 늘 제일 먼저 나를 반겨주는 사람이 우리 할머니였어. 나를 똥강아지라고 부르면서 형보다 더 예뻐했거든. 형이랑 싸우면 말도 안 들어보고 무조건 내 편을 들어줬어. 부모님이 일 때문에 바빠서 나랑 할머니랑 둘이서 시장에서 장 본 일도 그렇고, 둘만 먹었던 짜장면 맛이 나는 잊히지가 않아. 그래서 내가 가장 좋아하는 음식이 짜장면이야."

그때 먹었던 짜장면 맛을 다시 느껴보고 싶다는 듯이 강동수가 입맛을 다셨다.

"그래서 내가 할머니를 좋아해. 그것도 아주 많이. 할머니랑 있었던 시간이 짧아서 아쉬울 뿐이지. 걍동아. 넌 그런 기억 없냐? 평생 이 기억만 있으면 그래도 살 수 있겠다 싶은, 그런 거?"

잠시 곰곰이 생각해 보았다. 하지만 좋은 기억보다는 나쁜 기억이 먼저 떠올랐다. 남들과 달리 아빠가 없다는 사실을 처음 알았을 때, 엄마가 나를 두고 강원도로 떠났을 때, 공개 수업에 외할머니가 와서 친구들이 비웃었을 때……. 굳이 입 밖으로 꺼내고 싶지 않은 기억들이었다.

내가 아무 말이 없자, 녀석이 다시 말했다.

"나는 하나 더 있어. 초등학교 때였나? 가족이랑 다 같이 차를 타고 가는데 라디오에서 내가 좋아하는 드라마 비지엠이 흘러나왔어. 라디오로 들으니까 반갑기도 하고, 내가 그때 기분이 너무 좋아서 가족들한테 그 드라마랑 노래를 왜 좋아하는지 이유를 막 늘어놨거든? 그러면서 드라마 내용 때문에 노래가 더 슬프게 들린다고 말했던 것 같은데 가족들은 듣는 둥 마는 둥 아무 반응이 없는 거야. 그래서 나도 조용히 입 다물고 갔지. 그런데 노래가 거의 끝나갈 때쯤에 아빠가 한마디 했어. 뭐라고 한 줄 알아?"

"뭐라고 했는데?"

"'그러게. 멜로디가 슬프네.'"

자기 이야기를 줄줄 늘어놓던 강동수가 눈을 내리깔고 입을 꾹 다물었다. 시시각각 잦아들었다가 퍼붓기를 반복하는 비처럼 녀석의 기분도 오락가락했다. 무엇이 겨우 되살아난 강동수를 속절없이 다시 꼬꾸라지게 만든 걸까?

별안간 녀석이 요구르트를 벌컥벌컥 마셨다. 요구르트는 이제 반도 남지 않았다.

"어렸을 땐 엄마 아빠가 명절 때마다 예쁜 양말도 선물해주곤 했는데…… 지금 우리 아빠는 나랑 눈도 안 마주쳐. 갑자기 좋은 기억이 다 무슨 소용인가 싶기도 하다. 오히려 사람을 더 비참하게 만드는 것 같은데?"

그러다가 녀석이 자기 자신을 달래듯이 말했다.

"그래도 죄다 나쁜 기억보다는 좋은 기억이 하나라도 있는 게 나으려나?"

"아빠에 대한 기억이 아예 없는 사람도 있어."

그런 녀석을 지켜보다가 나도 모르게 혼잣말처럼 심드렁하게 중얼거렸다.

"뭐라고?"

"왜 눈도 안 마주치는데? 그러는 이유가 있을 거 아니야."

강동수의 물음을 못 들은 척하며 재빨리 말을 가로챘다. 순간 속에서 알 수 없는 감정이 일렁였기 때문이다. 다행히 강동수는 본인이 하려던 질문을 잊고, 내 질문에 대답했다.

"이유는 뻔하지. 어렸을 때부터 엄마가 텔레비전도 잘 못 보게 했다고 했잖아. 어느 순간부터 공부는 안 하고 드라마만 보는 내가 못마땅하고 한심한 거지. 사실은 그게 다 공부인데."

"부모님한테 그렇게 말하면 되잖아."

나는 구태여 무심한 목소리로 말했다. 하지만 태연한 척을 하면 할수록 내 감정은 점점 더 심하게 요동쳤고, 강동수가 밉살스럽게 보이기까지 했다.

내 안에서 일렁이는 알 수 없던 감정은 강동수를 향한 부러움과 괘씸함이었다. 사이가 좋지 않다고 해도 녀석의 옆에는 부모님이 있었다. 반면 나는 누군가를 아빠라고 불러 본 경험조차 없었고, 엄마는 먼 지방에서 따로 살고 있다. 외할머니가 아무리 나를 사랑해주고, 잘 챙겨준다고 해도 두 사람의 빈자리를 대신하거나 채워줄 순 없었다. 나는 부모님의 사랑을 원했다. 어쩌면 외할머니의 조건 없는 사랑을 거부하고 외면하는 것도 그 때문인지 몰랐다. 내가 느끼는 외로움만큼 아니, 그보다 더 엄마가 나를 사랑해주기를 바라면서.

요구르트를 신나게 마시던 강동수는 어디 갔는지, 녀석이 힘이 빠진 목소리로 받아쳤다.

"무슨……. 내가 글 쓴다는 말조차 안 믿어줄걸? 솔직히 반항심에 일부러 학교를 더 요란하게 다닌 것도 있어. '기대에 미치지 못한다면 아예 제대로 삐뚤어져 보자!' 하고. 나한테 화라도 내주길 바랐거든. 그렇게라도 관심을 받고 싶어서."

기운 없이 주절대던 녀석이 입매를 비틀었다.

"근데 난 삐뚤어지는 것도 뭐가 이렇게 어설프고 뭐 하나 제대로 하는 게 없냐? 내가 아무리 사고를 쳐도 선생님들은 화난 척 웃어넘길 뿐이고……. 하, 이게 맞냐?"

여전히 감정이 울렁거렸다. 녀석이 얄미운 것과 동시에 모순

적이게도 부모님의 사랑과 인정을 갈구하는 모습이 꼭 나 같아서 마음이 좋지 않았다. 녀석이 자꾸 신경 쓰였다. 시끄럽고 밉살스러운 녀석이라도 잔뜩 풀 죽은 모습은 보고 싶지 않았다. 그래서 얼른 입을 열었다.

"그럴 시간에 차라리 글을 써."

"내 말이 그 말이다. 아, 또 요구르트 당기네."

그러면서 녀석이 남은 요구르트를 모조리 마셨다.

굳이 따지자면 나는 앞뒤 재지 않고 자신만만한 강동수가 좋았다. 그런 강동수가 내심 부럽기도 하고 닮고 싶기도 했다.

그런데 남들의 시선이나 편견 따위에는 아랑곳하지도 않고 끄떡도 없는 강동수가 가족 이야기에는 힘없는 고양이처럼 작아졌다. 평소엔 무덤덤한 내가 유독 엄마와 외할머니한테 짜증과 화를 자주, 크게 내는 것처럼 말이다.

"안 그래도 아까 피시방에서 열심히 글 쓰고 왔다."

녀석이 빈 요구르트병을 테이블에 탁 놓으며 말했다.

"노트북이 있으면 참 좋을 텐데. 그러면 굳이 피시방에 안 가도 되고, 어디서든지 글을 쓸 수 있잖아. 내가 원할 때 언제든지."

잠시 행복 회로를 돌리며 웃던 녀석이 이내 침울해졌다.

"만약 내가 우리 형이었다면, 우리 엄마 아빠는 이유는 묻지도 따지지도 않고 바로 노트북을 사줬겠지? 하, 노트북이 필요하다는 말조차 할 수 없는 내 처지가 너무 슬프다, 강동아."

"복에 겨워서 춤을 춰라, 춰."

녀석이 작아 보이는 건 작아 보이는 거고, 부러운 건 부러운 거였다. 결국 애써 감춰놓은 녀석을 향한 내 부러움은 제 존재를 드러내며 입 밖으로 튀어나왔다.

"네 이해력 뭐냐? 지금까지 내 얘기를 뭐로 들었어?"

강동수가 자세를 고쳐 앉으며 기막히다는 듯이 열을 냈다.

나는 그런 녀석에게 물었다.

"아빠랑 같이 살면 어떠냐?"

이내 내 말에 기시감을 느낀 강동수가 옅게 웃으며 되물었다.

"지금 복수하는 거냐?"

"아니. 부러워서 물어보는 건데."

처음엔 그저 강동수가 나에게 했던 말을 따라하며 심술을 부리려고 했다. 하지만 다음 말을 하는 순간, 비로소 내 현실을 제대로 마주하고 있다는 생각이 들었다.

"난 누군가를 아빠라고 불러본 적이 단 한 번도 없어."

어렸을 때 엄마에게 왜 나는 아빠가 없냐고 물었던 이후로 처음이었다. 아빠가 없다는 사실을 내 입 밖으로 꺼낸 건. 어쩌면 나는 아빠가 없다는 이유로 놀림 받거나 아빠는 어디 갔냐는 질문에 묵묵부답하면서 현실도 같이 외면하고 있었는지도 몰랐다.

나는 남들에겐 다 있는 아빠가 내게만 없어서 슬펐고, 아빠와 사이가 좋은 녀석들이 특히나 부러웠다. 그게 내 진심이었고, 처음으로 소리 내어 입 밖으로 꺼냈다. 그것도 강동수 앞에서…….

이러한 내 솔직한 감정을 다 드러내면 수치스러울 거라고 생각했다. 하지만 신기하게도 이내 부러움이 눈 녹듯 싹 사라졌다. 난생처음 느껴보는 기분이었다. 마음 한구석도 개운했다. 그래서 나는 애초에 아빠의 존재감을 느껴본 적이 없어서 부러움도 크지 않은 거라고, 도리어 다행이라고 생각했다. 정말 다행이었다.

"야……. 이걸 그런 식으로 받으면 내가 뭐가 돼?"

무엇보다 표정도, 목소리도 잔뜩 쪼그라들어서 굉장히 찝찝한 얼굴을 한 강동수를 마주하니 통쾌한 기분이 들었다. 녀석이 불편한 기색을 억지로 숨겼더라면 나는 괜한 소리를 했나 싶어 후회했을 것이다. 하지만 강동수가 불편한 기색을 그대로 드러내줘서 되레 불편하지 않았고, 내 진심을 녀석에게 말하길 잘했다는 생각까지 들었다. 비록 충동적이었지만 말이다.

나는 잠시 창밖으로 시선을 돌렸다. 편의점 밖으로 같은 교복을 입은 아이들이 하나둘 보이기 시작했다. 어느새 야자도, 근처에 있는 학원 수업도 끝난 모양이었다. 천둥번개와 함께 떠들썩하게 내리던 비도 이제 보슬비로 바뀌었다. 나는 시선을 밖에 고정한 채로 적당히 퉁명스럽고 적당히 태연한 목소리로 대꾸했다.

"뭐가 되긴. 아빠 없는 애 앞에서 아빠 얘기 잔뜩 늘어놓으며 배부른 소리 하는 이기적인 인간 정도가 되겠지."

"역시, 복수가 맞았어. 그렇게 따지면 너랑 나랑 같네."

"뭐가 같은데?"

고개를 돌려서 다시 강동수에게로 시선을 옮겼다.

"같지. 나는 아빠, 너는 외할머니. 서로 배부른 소리 하고 있잖아."

"다르지. 넌 할머니라고 불러본 적이 있잖아. 심지어 좋은 기억도 많고. 난 좋은 기억은커녕 아빠라고 불러본 적이 아예 없는데. 그래도 같은 거냐?"

"안 되겠다. 너도 요구르트 한 병 해라."

잠시 나를 유심히 보던 강동수가 벌떡 일어나 또다시 냉장고 진열대 쪽으로 사라졌다. 하지만 한참이 지나도 녀석은 돌아오지 않았다. 대신 그쪽에서 무어라 대화하는 소리가 들려왔다. 슬슬 집에 가야 할 것 같아서 가방을 챙겨 일단 소리가 나는 쪽으로 다가갔다.

"그런 건 대체 누가 정하는 건데요?"

녀석이 계산대에 새침하게 엎드려 있는 메롱이와 이리저리 시선을 맞추며 사장님에게 물었다.

"누구긴 누구야. 나지."

"사장님이 왜요?"

"내가 여기 사장이니까, 이 똥깡아! 빨리 집에나 가! 안 가?"

사장님은 장난스럽게 버럭 소리쳤다.

강동수랑 놀던 메롱이는 녀석과 계산대에서 벗어나 내 주위를 서성이더니 하품을 쩍, 하면서 라면 진열대 쪽으로 유유히 사라졌다. 또 한바탕 옥신각신하는 두 사람이 익숙하다 못해 지겹다는 듯이 말이다.

내가 나타나자 강동수의 시선이 나에게 닿았다.

"걍동아. 내가 알고는 있었지만 여기 진짜 이상한 편의점이다. 손님도 없는데 서비스를 막 주고, 열 시 이후엔 미성년자한텐 아무것도 안 판대. 이게 말이 된다고 생각해?"

"말이 안 되긴 뭐가 안 돼? 부모님이 걱정하시잖아. 편의점에서 그만 놀고 얼른 집에 가, 똥깡이들."

"식당이나 카페도 아니고 저는 서비스를 주는 편의점은 처음 봤다니까요?"

"하여튼 이 똥깡이는 한마디를 안 져요. 내 편의점이니까 서비스를 주든 말든 내 마음이지! 그리고 너 자꾸 손님 없다는 소리 할래?"

"앗, 제가 또 너무했네요. 죄송해요, 사장님."

싸움을 하는 건지 개그를 하는 건지……. 핑퐁처럼 대화를 주고받는 두 사람은 나이 차이가 무색할 정도로 친구처럼 무척 편안해 보였다.

"근데 똥깡이 친구는 이름이 뭐야?"

사장님의 시선이 이번엔 나에게로 향했다.

"저랑 이름이 똑같아요. 강동수. 신기하죠?"

대답은 강동수의 입에서 튀어나왔다.

"정말? 이름만 같지, 성격은 완전히 반대인 것 같은데? 그게 더 신기하다."

누가 답을 했든 간에 사장님의 눈이 동그래졌다.

"똥깡이 친구는 아까 보니까 우산이 없는 것 같던데, 맞지?"

이내 사장님이 인자한 얼굴로 물었다. 그 말에 나는 잠시 멈칫했다. 외할머니가 챙겨준 우산이 생각났기 때문이다.

"이거 빌려줄 테니까 쓰고 가."

그사이에 편의점 사장님이 우산을 하나 가져와 나에게 내밀며 말했다.

"아, 저는……."

"나는 차도 있고, 이따가 그친다고 해서 빌려주는 거니까 부담 갖지 말고."

사장님은 괜찮다는 듯이 우산을 내 쪽으로 더 내밀었지만, 나는 선뜻 받을 수가 없었다. 가방 안에 우산이 있는데 우산을 빌리는 게 선뜻 내키지 않았다. 지금이라도 솔직하게 말하고 가방에서 우산을 꺼낼까. 아니면 끝까지 모른 척하고 감사하다며 덥석 받을까. 고민하면 할수록 머릿속은 더 꼬여만 갔다.

"괜찮아요. 그냥 맞고 가면 돼요. 비도 얼마 안 오고, 버스 타면 금방이에요."

그나마 마음이 편할 수 있는 선택을 했다.

"아까도 아무렇지 않게 비 맞으면서 걸어오더니. 아무리 여름 비라고 해도 너 그러다가 감기 걸린다?"

강동수가 옆에서 한마디를 했다.

"그래. 우산이 있는데 왜 비를 맞고 다녀."

사장님도 이때다 싶었는지 얼른 말을 얹었다.

"내가 내 몸을 아끼고 챙기는 게 가장 먼저고 가장 중요한 거야. 혹시 돌려주는 게 번거로워서 그러는 거면 편할 때 아무 때나 갖다주면 되니까 쓰고 가. 자, 얼른 받아, 얼른."

"감사합니다……."

결국 나는 마음 한구석에 묵직하게 내려앉은 돌덩이를 외면하며 마지못해 우산을 받아 들었다.

"그나저나 정수정은 우산 있나? 오늘은 아예 말도 못 붙였네."

부슬거리며 내리는 비를 보던 강동수가 혼자 중얼거렸다.

"정수정이 누군데?"

녀석의 목소리를 캐치한 편의점 사장님이 녀석에게 물었다.

"있어요. 얼굴도 예쁜데 마음은 더 예쁜 애요. 책임감도 엄청 강하고, 공부도 열심히 하고. 배울 점이 참 많은 애예요."

강동수는 마치 물어봐주길 기다린 사람처럼 흐뭇한 얼굴로 정수정 칭찬을 쏟아냈다.

"에라이, 이 칠푼이 같은 놈아! 나한테도 그런 예쁜 소리 좀 해봐라!"

기가 막히다는 듯이 장난스럽게 성을 내는 사장님의 반응에 강동수는 재밌다는 듯이 킥킥거렸다.

"그만 웃고, 더 늦기 전에 얼른 집에나 가."

그러면서 사장님이 나와 강동수를 편의점 밖으로 밀어냈다. 그리고 한없이 다정하게 말했다.

"조심히 가, 똥깡이들."

"네. 예쁜 똥깡이는 내일 또 올게요. 예쁜 메롱이도 내일 보자."

녀석이 메롱이의 머리를 쓰다듬으며 인사하는 사이, 나는 사장님을 향해 꾸벅 인사했다. 하지만 편의점 사장님한테 빌린 우산을 쓰고 집에 가는 내내 마음이 불편했다. 마치 죄를 짓고 있는 기분이었다.

하루가 유달리 길고 피곤하게 느껴졌고, 그만큼 집도 멀게만 느껴졌다. 드디어 도착한 빌라 앞에서 젖은 우산을 접어 물기를 터는데 강동수한테서 연락이 왔다.

−집에 가면서 곰곰이 생각해 보니까 아까 편의점에서 내 얘기만 잔뜩 늘어놓은 것 같네. 같이 기운 빠지고 재미없었을 텐데 끝까지 내 얘기 들어줘서 고맙다, 강동아. 잘 자라.

문자 내용을 빤히 들여다보며 잠시 가만히 서 있었다. 그러자 다시 또 진동이 울리더니 새로운 메시지가 떴다.

−근데 너희 집에 컴퓨터 있냐?

이번에도 강동수였다. 진지함은 온데간데없이 금방 컴퓨터를 찾는 녀석의 천연덕스러움에 어이가 없어서 작게 웃음이 터져나왔다. 있으면 왜, 하고 답장을 보낸 뒤 무거운 몸을 이끌고 계단을 올랐다. 그리고 집 안으로 들어서자마자 신발장 옆 구석에 우산을 슬쩍 내려놓았다.
"동수 왔나? 오늘은 좀 늦었네."
인기척에 소파에 앉아 있던 외할머니가 자다 깬 얼굴로 반겨주었다. 다행히 우산은 보지 못한 눈치였다.
"네. 주무세요."
황급히 자리를 벗어나려는데 외할머니가 나를 불러 세웠다.
"동수야."

나는 고개를 돌려서 시선만 주었다.

"엄마한테 전화 한 통 해줘라. 네가 많이 보고 싶은갑더라."

내 고개와 시선이 천천히 바닥으로 떨어졌다. 대답을 기다리는 외할머니를 뒤로 하고 나는 말없이 방으로 들어왔다. 그리고 곧장 침대에 드러누웠다. 팔 하나를 이마 위에 올려놓고 가만히 눈을 감았다. 아무 생각도 하고 싶지 않았다.

잠시 누워 있다가 겨우 몸을 일으켜 바지 주머니에서 핸드폰을 꺼내서 확인했다. 새로운 알림은 없었다. 나는 다시 스르륵 누워 그대로 잠이 들었다.

이길 수 없는 게임

    다음 날, 핸드폰 진동이 요란하게 울려댔다. 당연히 알람이라고 생각했다. 끄는 것조차 귀찮아서 그냥 두고 눈을 붙이고 있었다. 이내 핸드폰이 잠잠해졌다. 다시 찾아온 평화 속에서 단잠에 빠지려는 순간, 이상했다. 주말에는 밀린 잠을 자기 위해서 알람을 따로 맞춰놓지 않는데 황금 같은 토요일 아침에 알람이 나를 야단스럽게 깨워댄 것이다.

    진동이 금방 다시 울렸다. 손으로 침대를 뒤적거려 핸드폰을 찾았다. 이윽고 핸드폰 화면에 뜬 이름을 본 순간 자연스레 미간이 구겨졌다. 알람이 아니라 전화였다. 발신인 이름을 보아하니 받을 때까지 못살게 굴 게 뻔해서 전화를 받았다. 상대방의 목소리가 핸드폰을 뚫고 나왔다.

    "왜 이제야 받는 거야! 야, 너희 집 주소가 정확히 어떻게 되냐?"

"……."

"여보세요? 듣고 있어?"

"……."

"야, 걍동! 설마 다시 잠들었냐?"

나는 잠이 덜 깬 상태여서 핸드폰 너머로 고래고래 소리치는 녀석이 평소보다 곱절 귀찮고 성가셨다. 그런데도 잠긴 목소리로 대충 대답하며 집 주소를 알려주었다. 안 그러면 절대 전화를 끊지 않을 걸 알았기 때문이다.

"잘 자고 있어라. 꿈에서는 나 찾지 말고."

그 뒤로도 강동수는 뭐라 뭐라 말하면서 킥킥거리더니 전화를 끊었다.

나는 핸드폰을 아무렇게나 던져놓고 다시 잠을 청했다. 아늑히 잠에 빠질 즈음, 시끄러운 소리가 귀에 들어왔다.

"네. 저도 강동수예요."

"참말로 신기하네!"

멀리서 들려오는 대화 소리가 처음엔 꿈인가 싶었다. 그도 그럴 것이 강동수가 우리 집에서 외할머니와 화기애애하게 이야기를 나눈다는 게 말이 안 되니까.

"저도 동명이인은 처음 봐서 엄청 신기했어요."

하지만 꿈이라고 하기엔 너무나도 선명하게 울리는 녀석의 목소리에 점점 정신이 맑아졌다. 나는 왜 저 녀석의 목소리가 우리 집에서 들려오는지 이유를 찾기 위해서 강동수와의 통화 내용을 곱씹었다. 그제야 생각났다. 녀석이 전화를 끊기 직전에 했던 말이.

'금방 갈 테니까.'

제멋대로인 불청객 때문에 하는 수 없이 몸을 일으켰다. 그러자 바닥에 널브러진 교복이 제일 먼저 눈에 들어왔다. 자다가 불편해서 새벽에 벗어놓은 모양이었다. 교복과 씻고 갈아입을 속옷을 챙겨서 거실로 나갔다. 두 사람은 소파에 앉아서 여전히 화기애애하게 이야기를 주고받고 있었다.

"듣던 대로 진짜 걱정 안 해도 되겠다. 우리 동수 친구 많네. 이름이 같은 동수도 있고."

"어? 할머니. 걍동 친구, 저 말고 또 누구를 아세요?"

"아……."

순간적으로 외할머니의 시선이 허공을 헤맸다. 그러다가 나와 눈이 마주쳤다.

"근데 어떻게 아세요? 걍동이 제 입으로 친구 얘기를 할 것 같진 않은데."

강동수의 물음에 외할머니는 내 눈을 피하며 어색하게 웃어 보일 뿐이었다. 갑자기 소파에서 일어나 분주하게 움직이는 외할머니를 빤히 쳐다보았다. 확실히 어딘가 부자연스럽고 이상했다.

"호랑이도 제 말 하면 온다더니. 잘 잤냐?"

그제야 나를 발견한 녀석이 소파에 기대앉은 채 물었다. 강동수는 제집에 있는 것처럼 편안해 보였다.

나는 말없이 다용도실 쪽으로 걸어가 빨래 바구니에 교복을 던져 넣었다.

"동수야. 요구르트 주까? 동수 친구, 니도 먹을래?"

강동수의 말처럼 외할머니한테 내 학교생활에 대해서 이렇다 저렇다 얘기를 한 기억이 없었다. 그래서 나는 외할머니가 당황해하며 허둥지둥하는 것도, 요구르트로 일부러 관심을 돌리려 한다는 것도 쉽게 눈치 챘다. 외할머니한테 내 얘기를 할 만한 주변 인물은 없으니까.

"정말요? 저도 마셔도 돼요?"

"그라믄. 우리 동수 친군데 당연히 되지."

외할머니는 냉장고에서 요구르트를 두 개 꺼내서 식탁 위에 나란히 올려두었다.

"감사히 잘 먹겠습니다! 소중히 아껴 먹을게요."

녀석이 곧장 달려와 어깨를 들썩이며 요구르트를 받아 들었다. 나머지 하나는 그대로 식탁 위에 놓여 있었다.

"아껴 먹지 말고 많이 묵어라. 냉장고에 많다."

"에이, 어떻게 그래요? 주인이 따로 있는데."

그러면서 강동수가 나를 힐끗 쳐다보았다.

"넌 여기 왜 왔는데?"

시선을 마주치며 녀석에게 물었다. 답이 어느 정도 예상은 됐다.

"같이 시험공부도 하고, 할머니께 요구르트도 갖고, 겸사겸사?"

겸사겸사는 무슨. 컴퓨터 사용하려고 왔으면서. 녀석을 사늘하게 쳐다보는데, 별안간 강동수가 소파 위에 있던 검정 봉지를 가져와 식탁 쪽에 서 있던 외할머니 앞에 내려놓으며 말했다.

"저희만 챙기지 마시고, 할머니도 드세요."

"무슨 요구르트를 이렇게 많이 사 왔노?"

외할머니가 봉지 안을 보며 놀란 목소리로 말했다.

외할머니를 따라서 나도 봉지 안을 들여다보았다. 요구르트가 가득 들어 있었다. 세어 보니 모두 열 개였다.

"제가 할머니께 빚진 게 좀 있어서요. 그러니까 이건 강동수한테도 절대 주지 마시고, 할머니 혼자 다 드셔야 해요. 아셨죠?"

"내한테 무슨 빚을 졌노?"

외할머니는 이해가 안 된다는 듯이 물었다.

"그건 비밀이에요. 죄송해요. 물론 제가 할머니한테 나쁜 짓을 했다거나 엄청 큰 빚을 진 건 아니니까 걱정하지 마세요! 게다가 방금 청산해서 말끔히 사라졌어요."

녀석이 능글맞게 웃었다. 외할머니가 여전히 이해가 안 된다는 얼굴로 마지못해 고개를 주억거리자, 녀석이 거실에 있는 텔레비전을 가리키며 말했다.

"아까부터 여쭤보고 싶었는데, 할머니도 저 드라마 좋아하세요?"

평상시 외할머니는 늘 같은 드라마 채널만 틀어놓았다. 때마침 나와 강동수가 태어나기 한참 전에 방영했던 옛날 가족 드라마가 재방송 중이었다. 그 드라마를 제대로 본 적은 없지만, 방영 당시 시청률이 굉장했다는 사실은 잘 알고 있었다. 그만큼 유명한 드라마였다.

"니도 이거 아나? 내는 이게 최고로 재밌드라."

"그럼요! 아주 잘 알죠. 아, 할머니가 뭘 좀 아시네요. 이 드라마가 제 인생 드라마예요."

녀석이 상기된 목소리로 말했다.

"인생 드라마? 그게 뭐고?"

"인생에 길이 남을 만큼 의미 있고, 그만큼 좋아한다는 뜻이에요."

"그런 것도 있나? 그라믄 나도 오늘부터 저기 내 인생 드라마다."

죽이 척척 잘 맞는 두 사람을 지켜보다가 문득 기시감이 들었다. 전에 버스에서 모르는 할머니와 다정하게 이야기를 나누던 정수정의 모습이 떠올랐다. 강동수는 그때의 정수정처럼 외할머니와 자연스럽게 대화를 이끌었다. 그리고 나는 여전히 눈앞의 상황이 낯설게 느껴졌다. 여전히 모르는 사람에게 친절한 내 모습은 상상할 수 없었다. 그 때문에 학교에서나 편의점에서나 심지어 남의 가정집에서까지 스스럼없이 잘 지내고, 잘 어울리는 강동수가 신기하다는 생각이 들었다. 동시에 그게 녀석의 가장 큰 장점이자 재산이 아닐까 하는 생각도 들었다. 학교 선생님이나 편의점 사장님이 그랬던 것처럼 외할머니도 강동수와 이야기하는 걸 즐거워하고 있었다.

내가 목욕탕에서 씻고 나왔을 때도 두 사람의 대화는 그칠 줄 모르고 계속 이어졌다. 드라마 하나 가지고 무슨 할 말이 저렇게 많을까. 그저 신기할 따름이었다.

나는 수건으로 젖은 머리를 탈탈 털면서 방으로 향하다가 신발장 앞에서 걸음을 멈추었다. 전날 밤, 신발장 구석에 내려놓은, 편의점 사장님이 빌려준 우산이 예쁘게 돌돌 말린 상태로 신발장 우산 고리에 걸려 있었다. 당연히 외할머니가 정리했을 것이다. 하지만 외할머니는 그걸 보고도 나한테 별다른 말을 하지 않았다. 우산이 어디서 났는지 왜 자신이 챙겨준 우산을 쓰지 않았는지 묻지 않았다. 큰 죄를 지은 기분이었다.

그때 거실 쪽에서 외할머니 목소리가 울렸다.

"동수야. 빵이랑 우유 가져가서 동수랑 공부하면서 같이 무라. 으응? 동수야?"

나는 외할머니 말을 못 들은 척 방으로 들어가 문을 탁 닫았다.

"챙겨주셔서 감사합니다. 힘내서 공부도 열심히 할게요!"

녀석은 나를 대신해 일부러 외할머니한테 더 살갑게 구는 듯했다. 양손 무겁게 빵과 우유를 들고 내 방으로 들어온 녀석이 책상 한쪽에 빵과 우유를 내려놓았다. 그러고는 딴지를 거는 대신 내 눈치를 살피며 물었다.

"내가 마음대로 찾아와서 화난 건 아니지?"

평소 강동수의 뻔뻔한 얼굴을 떠올리면 전혀 안 그럴 것 같지만, 녀석은 은근히 세심한 구석이 있었다. 집까지 찾아와 외할머니한테 직접 요구르트를 갖은 것도 그렇고, 예상치 못한 데서 내 눈치를 보는 것도 그렇고. 솔직히 의외라는 생각이 들었다.

"감결에 집 주소를 알려준 내 잘못이지."

나는 무심하게 대답하고는 책상과 베란다 문 사이에 접어서 넣어둔 작은 상을 꺼냈다. 침대 바로 옆에다가 상을 펼치고 가방에서 교과서와 필기 노트, 필통을 꺼내자 강동수가 의아한 얼굴로 물었다.

"왜 멀쩡한 책상 놔두고 거기서 공부해, 불편하게?"

"너 컴퓨터 쓰라고. 그러려고 우리 집에 온 거잖아."

필기 노트를 펼치며 대꾸했다.

"그건 맞긴 한데……. 네가 대놓고 배려하니까 내가 너무 쓰레기 같잖아."

"그런 반응 너한테 안 어울리니까 그냥 평소처럼 해. 쓰레기가 된 것 같아서 정 못 견디겠으면 지금이라도 피시방에 가서 불편하게 글 쓰든지."

"그런 농담도 할 줄 아냐, 걍동?"

"진담인데."

진심을 담은 내 단답에 녀석이 피식 웃었다.

"내 생각해줘서 고맙다, 걍동아. 컴퓨터 옆에 자리 좀 있네. 바닥에서 그러고 있지 말고 너도 여기서 편하게 공부해."

"네 옆에 딱 붙어서 공부하는 게 더 불편해."

"듣고 보니 그건 나도 마찬가지네. 엉덩이 배겨도 절대 오지 마라."

강동수의 장난스러운 말을 끝으로 우리는 각자 할 일에 집중했다. 한참 집중하다 보니 시간은 어느새 1시에 가까워져 있었다. 거의 두 시간을 꼼짝없이 앉아 있었더니 몸이 뻐근해서 작게 기지개를 켰다. 강동수는 여전히 미동도 없었다. 그런 녀석의 뒷모습을 물끄러미 바라보다가 문득 궁금해져서 물었다.

"네가 쓰는 글 무슨 내용이야?"

전부터 내심 궁금했지만, 이제야 물었다.

"양말이 뒤바뀐 남녀의 사랑 이야기."

강동수의 시선은 여전히 컴퓨터 모니터에 고정되어 있었다.

"어떻게 하면 양말이 뒤바뀌는데?"

"방법이야 무수히 많지. 기회와 인연은 기다리는 게 아니라 직접 만드는 거거든."

강동수가 나를 돌아보며 대답했다. 그리고 말이 끝나자마자 녀석의 고개가 제자리로 돌아갔다. 손가락도 다시 부지런히 움직였다.

"그렇다고 해도, 양말이 뒤바뀌어서 사랑에 빠지는 건 너무 시시한 거 아니야?"

잠시 고민하다가 나름 진지하게 물었다.

"너는 작가되기는 글렀다."

강동수는 내 물음을 대수롭지 않게 여긴 듯했다. 하지만 이내 손가락의 움직임을 멈추더니 나를 돌아보며 갑자기 열을 내기 시작했다.

"이 지구상에 시시한 게 어딨냐? 우주 안에 존재하는 모든 것들엔 다 이유가 있고 뜻이 있는 거다, 이 자식아! 그리고, 강동. 너 살면서 누군가와 양말이 뒤바뀐 적 없어?"

"당연히 없지. 단 한 번도."

"그러면서 시시하다고 말하는 건 좀 아니지 않냐? 시시하다고 생각하는 일이 얼마든지 특별해질 수 있어서 인생이 재미있는 거라고!"

인생을 다 안다는 식으로 잘난 척하는 녀석이 아니꼬워서 빈정거리며 대답했다.

"어차피 나도 작가될 생각 없어."

"이야, 너, 자기 객관화가 굉장히 잘되는 친구였구나?"

강동수는 장난스럽게 키득거린 뒤 이어서 말했다.

"말 나온 김에 물어보자. 갱동아, 넌 꿈이 뭐냐?"

"딱히 없는데."

내 대답에 녀석은 김이 샌다는 표정이었다.

"진지하게 좀 생각해 봐."

"꿈이 없는데 뭘 진지하게 생각해."

"공부는 왜 열심히 하는데? 안 어울리게 공부는 잘하잖아. 솔직히 너 상반이라서 좀 놀랬음."

내가 공부를 열심히 하는 이유는 단순했다.

"할 게 공부밖에 없으니까."

"와······. 방금 역대급으로 재수 없었어, 너. 어디 가서 그런 소리 함부로 하지 마라. 진짜로 돌 맞는다!"

웃기게도 녀석이 진심 어린 표정으로 나를 걱정했다.

나는 있지도 않은 내 꿈에 대해서 계속 이야기를 하는 건 시간 낭비라고 생각했다. 그래서 녀석에게 물었다.

"많고 많은 것 중에 왜 하필 양말이냐? 아."

말하면서 동시에 강동수가 편의점에서 명절 때마다 양말 선물을 받았다고 말했던 기억이 떠올랐다.

"맞아."

강동수는 마치 내 생각을 읽은 것처럼 답하고는 이렇게 덧붙였다.

"걍동아. 내가 쓴 글 읽어 볼래?"

나는 천천히 일어나서 녀석의 곁으로 다가갔다.

하지만 한창일 때 나와서 점심을 먹으라며 문을 두드리는 외할머니 때문에 집중력이 깨지고 말았다. 순간 짜증이 일었다. 강동수의 글은 재미있었다. 뒤에 일어날 일들이 궁금했다. 주인공도 인간미 있고 매력적이었다. 그 주인공이 자기 양말이 다른 사람과 바뀌었다는 사실을 드디어 알아채고 왔던 길을 되돌아가는 부분에서 외할머니가 눈치 없이 끼어들며 흐름을 끊어버렸다.

당연히 외할머니는 몰랐을 것이다. 고의가 아니라고 해도 짜증이 나는 건 어쩔 수 없었다. 나는 그다지 배가 고프지 않았다. 밥을 먹는 대신에 강동수의 글을 마저 읽고 싶었다.

내가 글을 읽는 내내 옆에서 내 반응을 살피던 강동수도 흐름이 끊겨서 아쉬워하는 눈치였다. 하지만 외할머니가 다시 한번 동수야, 하고 부르자 곧장 기쁘게 달려나갔다. 나는 마지못해 몸을 일으켜 부엌으로 향했다.

"어여 와라. 밥 묵자."

"잘 먹겠습니다!"

강동수는 외할머니가 숟가락을 드는 걸 확인하고는 기분 좋게 소리치며 밥을 먹기 시작했다. 딱히 밥 생각이 없는 나는 뭉그적거리며 젓가락을 하나씩 집어 들었다.

"동수, 니도 얼른 무라."

외할머니는 평소처럼 내가 제일 좋아하는 소시지 반찬을 내쪽으로 가까이 옮겨주었다. 계란말이, 소시지, 버섯볶음에 콩나물국이 차려져 있었다. 전부 내가 잘 먹고 좋아하는 것들이었다. 나만 챙기는 듯한 외할머니의 행동에 괜히 눈치가 보여서 강동수를 슬쩍 쳐다보았지만, 녀석은 신경도 안 쓰는 눈치였다. 그런데도 나는 이 식사 시간이 불편했다.

"음식이 다 맛있어요, 할머니!"

"입맛에 맞다니까 다행이네. 동수 니는 배 안 고프나? 와 안 먹노?"

나는 일부러 소시지가 아닌 버섯볶음을 집어다 입에 넣었다.

"많이 있으니까 먹고 더 무라."

외할머니가 이번엔 버섯볶음을 내 쪽으로 들이밀었다. 당장이라도 체할 것 같은 기분이었다.

"이렇게 같이 맛있는 음식을 먹으니까 꼭 오늘이 제 생일 같아요."

"그렇게 맛있나? 생일 때 또 놀러 온나. 그때는 미역국 맛있게 끓여주꾸마."

"정말요? 아, 그런데 생일은 이미 지나서 그냥 아무 때나 놀러 와도 돼요?"

"그라믄. 우리 동수 친구들은 언제든지 환영이지."

두 사람이 불편한 내 기분을 알 턱이 없었다. 그나마 밥을 먹는 동안 쉴 새 없이 떠드는 강동수가 있어서 다행이라는 생각이 들었다. 외할머니의 시선을 빼앗아가는 녀석 덕분에 나는 불편한 감정을 애써 감추며 평소처럼 묵묵히 밥을 먹을 수 있었다.

"니도 이제 말 그만하고 빨리 무라. 국 다 식겠네."

"네!"

씩씩하게 대답하는 강동수의 밥 위에다가 외할머니는 계란말이를 올려주었다. 그리고 내 밥 위에는 계란말이와 함께 소시지를 올려주었다. 나는 더 이상 참지 못하고 거칠게 자리를 박차고 일어났다. 갑작스러운 행동에 두 사람 모두 놀란 얼굴로 나를 쳐다보았다. 나는 그대로 도망치듯 자리를 벗어났.

"그렇게 자리를 박차고 나가놓고 고작 주차장이냐?"

빌라 주차장 안쪽, 낡은 방지턱에 앉아 있는 나를 강동수가 금방 찾아냈다.

"단순해서 찾기는 쉽네."

녀석은 바로 옆에 있는 방지턱을 차지하고 앉았다.

"자리를 박차고 나와야 하는 건 네가 아니고 나인 것 같은데. 왜 새치기하냐?"

강동수가 실없게 웃으면서 나를 쳐다보았다. 무슨 헛소리냐고 눈으로 말하는데 녀석이 어깨를 으쓱했다.

"그렇잖아. 맛있는 소시지도 네 앞으로 옮겨주고, 내 밥에는 계란말이만 올려줬는데 네 밥에는 계란말이에 소시지까지 올려주고. 누가 봐도 거기서 자리를 박차고 나올 사람은 나 아니야? 할머니가 너만 더 챙길 때마다 뻘쭘해서 내가 흐린 눈을 하며 떠드느라 얼마나 힘들었는데."

"그렇게 힘들었으면 나 나올 때 너도 같이 나오지 그랬냐. 뭐 하러 자리를 지키고 있냐."

"좋았으니까 그렇지. 어쨌든 나도 챙겨주셨잖아. 솔직히 네가 할머니를 대하는 태도가 아직도 이해는 안 되지만, 뭐, 너도 너만의 이유가 있겠지."

잠시 나를 깊은 눈으로 바라보던 녀석이 시선을 바닥으로 떨구었다.

"강동아, 그걸 할머니한테 솔직하게 털어놓을 생각은 없어?"

녀석의 목소리도 한결 낮아졌다.

"뭐가 싫고, 왜 불편한지 말을 해줘야 알지. 말 안 하면 귀신도 모른다잖아. 할머니도 너 불편하라고 일부러 관심을 가지며 챙겨주는 건 아닐 텐데."

녀석의 말에 생각이 많아졌다. 틀린 말은 아니었다. 하지만 그게 말처럼 간단한 문제도 아니었다.

"연습 삼아 나를 할머니라고 생각하고 솔직하게 다 털어놓는 건 어때?"

강동수가 가볍게 제안했다.

나는 말없이 바닥을 내려다보았다. 다소 감정적이고 과격했던 내 행동의 불씨가 된 건 우산이었다. 나는 가방 안에 외할머니가 챙겨준 우산이 있다는 걸 알면서도 기어코 다른 우산을 빌려 쓰고 집으로 돌아왔다. 숨기려고 한 건 아니었지만, 굳이 말할 생각도 없어서 우산을 잘 보이지 않는 신발장 구석에 내려놓았다. 그리고 우산을 발견한 외할머니는 우산을 잘 말린 뒤 예쁘게 돌돌 말아서 잘 보관해 두었다. 외할머니는 처음 보는 우산에 대해서 아무 말도 하지 않고 보통 때와 다르지 않게 나를 열심히 챙겨주었다. 그리고…… 나의 불길은 거기서 활활 타올랐다.

차라리 우산이 어디서 났냐고 물어보길 바랐다. 왜 자신이 챙겨준 우산을 쓰지 않았느냐고 물어봤으면, 그랬으면 마음이 이토록 불편하진 않았을 것이다. 외할머니는 매번 그런 식이었다. 알면서도 모르는 척하는 것 같았다. 또는 제대로 알지도 못하면서 다 안다고 착각하는 것 같았다. 늘 나만 나쁜 사람이었다. 버릇없이 제멋대로 굴어도 화 한 번 내지 않고, 다 이해한다, 나는 괜찮다는 식의 외할머니의 태도가 나를 언제나 죄인으로 만들었다.

"하긴, 너나 나나 도긴개긴이지. 누가 누구한테 충고를 하냐. 나도 우리 가족한테 솔직하게 얘기를 못하는데. 나나 잘할 것이지. 안 그러냐?"

생각에 골몰한 나를 바라보던 강동수가 그렇게 말하고는 입을 다물었다. 잠깐 침묵이 흘렀다.

"어제 내 가방에 우산 있었어. 외할머니가 챙겨준 우산."

내 말에 강동수가 눈을 동그랗게 뜨더니 고개를 갸우뚱하며 물었다.

"우산? 갑자기 무슨 말이야?"

"우산을 갖고 있었는데 편의점 사장님한테 빌린 거라고."

"아하……. 왜?"

녀석이 이해했다는 표정을 지었다가 다시 의아한 표정을 지으며 물었다.

"외할머니가 챙겨준 우산을 쓰면 왠지 내가 지는 것 같아서."

더 정확히 말하면 인정하는 꼴이라서. 나는 외할머니의 생각처럼 불쌍한 사람이 아니었다. 전혀 불쌍하지 않았다. 하지만 외할머니가 손에 쥐여주는 요구르트를 마시고, 외할머니가 챙겨준 우산을 쓰고, 외할머니가 내 앞으로 옮겨놓은 소시지를 먹으면, 외할머니는 지금보다 나를 더 챙기려고 할 것이다. 나는 내 현실이 안타깝다는 이유로 누군가가 나를 살뜰히 챙기고, 도와주는 것을 눈곱만치도 원한 적이 없었다. 그딴 동정과 관심은 필요 없었다.

"요구르트도 그래서 안 마시는 거야. 요구르트는 꼭 내가 안쓰러워서 챙겨주는 것 같거든. 아빠도 없고, 엄마도 멀리 떨어져 있으니까 불쌍해서. 그래서 나한텐 화도 안 내는 것 같고."

그런데도 다른 우산을 빌려 쓰고 집으로 돌아온 나를 보고 한마디도 하지 않는 외할머니에게 화가 난 이유는, 외할머니가 이런 내 생각을 전부 꿰뚫어보면서도 아랑곳하지 않고 계속 나를 챙긴다고 생각했기 때문이다. 내가 느끼는 불편한 감정은 중요하지 않다는 듯이 말이다.

"근데 안쓰러워서 챙겨주면 안 돼?"

잠시 미간을 찌푸리고 생각에 빠져 있던 강동수가 물었다.

"뭐?"

"네가 초점을 불쌍하다, 안쓰럽다에 맞춰서 그렇지, 꼭 그런 이유가 아니어도 순수하게 할머니로서 챙겨주는 걸 수도 있잖아."

나는 순간 멍해졌다.

"예를 들면, 늦은 시간까지 학교에 남아서 열심히 공부하는 손자가 안쓰러울 수도 있는 거고. 그래서 요구르트 먹으면서 힘내라고 챙겨주고, 비 맞으면 감기에 걸리니까 아프지 말라고 챙겨주는 거지."

머리를 아주 강하게 얻어맞은 것 같았다. 그냥 단순히 손자라서 챙겨주는 거라고? 외할머니니까 챙겨주는 거라고? 어떻게 보면 단순하고 당연한 건데, 나는 그렇게 생각해 본 적이 없었다. 녀석의 말대로 내 초점은 오직 한 곳에, 그것도 몹시 집요하게 한 곳에 맞춰져 있어서 외할머니의 행동을 곡해한 나머지 다른 시각으로 바라볼 생각 같은 건 아예 하지 못했다. 어쩌면 나를 불쌍하고 초라하게 여긴 건 다른 누구도 아닌 나 자신이었는지 모른다. 그래서 내 초점이 집요하게 한 곳에 맞춰져 있었던 건지도…….

나는 스스로를 행복보다는 불행과 가까이 서 있는 사람이라고 생각했다. 나에게는 행복이 쉽게 찾아올 리가 없다고 생각했다. 내가 그렇게 받아들이고 단정 지은 것이다.

"네 말이 맞다."

할 말을 찾다가 겨우 입을 열었다. 인정할 수밖에 없었.

순순히 자기 말에 수긍하는 나를 의아스러운 눈빛으로 바라보는 녀석에게 이어서 말했다.

"내 얘기 들어줘서 고맙다. 깡동."

녀석의 눈이 마치 튀어나올 것처럼 커졌다.

"너, 지금 나한테 깡동이라고 했어?"

"깡동 맞잖아."

구태여 별일 아니라는 듯이 가볍게 어깨를 으쓱이며 대꾸하자, 녀석이 우쭐한 표정을 지었다.

"그래, 맞다! 깡동이다!"

그러면서 기분 좋게 웃었다.

"고마우면 할머니랑 화해 잘하고 다음에 너희 집에 정식으로 다시 초대해. 너 때문에 맛있는 음식 죄다 남기고 나왔으니까! 알겠냐?"

녀석이 자리에서 일어나 엉덩이를 툭툭 털었다.

"깡동은 이만 간다. 할머니 기다리시니까 너도 얼른 올라가라."

드라마 주인공처럼 한껏 멋있는 척하며 손을 흔들고 멀어져 가는 강동수의 뒷모습을 바라보다가, 끝내 성미를 이기지 못하고 자리를 박차고 나온 스스로가 멋쩍고 후회스러워서 머뭇거리다 겨우 집으로 들어갔다.

"동수 왔나?"

외할머니는 언제나처럼 한결같은 말투와 부드러운 표정으로 나를 반겨주었다.

"네……. 밥 먹다가 그렇게 나가서 죄송해요."

외할머니는 그럴 수도 있지 하는 표정으로 나를 식탁으로 끌며 말했다.

"개안타. 얼른 와서 마저 무라. 일부러 안 치웠다."

"정말 괜찮으세요?"

내가 콕 집어서 다시 묻자, 외할머니가 손사래를 치며 웃었다.

"그라믄. 진짜 개안타. 주말에도 공부하느라 많이 피곤하제? 어여 묵고 들어가서 쉬라."

강동수가 잘 둘러댔는지, 외할머니는 말 그대로 내가 공부하느라 많이 피곤해한다고 생각하는 눈치였다. 하지만 아무리 피곤해도 어린 손자가 자리를 박차고 나가는 건 확실히 예의 없는 행동이었고, 혼나도 할 말 없는 상황이었다.

"할머니는 왜 저한테 화를 안 내세요?"

"내가 동수 니한테 와 화를 내노?"

"매번 할머니한테 쌀쌀맞게 굴고, 할머니가 챙겨준 우산 말고 다른 우산을 쓰고 다니니까요."

"안 쌀쌀맞다. 니 하나도 안 쌀쌀맞다, 동수야. 그리고 내가 챙겨준 게 뭐가 중요하노. 동수 니가 비를 안 맞는 게 중요하지. 비 안 맞고 잘 왔으면 됐다. 그거면 됐다. 와? 그게 그렇게 신경 쓰였나?"

"아니요. 저도 그러면 됐어요. 할머니, 저 피곤해요. 남은 밥은 이따 저녁에 먹을게요."

 사실 그다지 피곤하지 않았다. 그냥 더 이상 외할머니를 마주할 면목이 없었다. 외할머니한테 죄송하기도 하고, 어린애처럼 통통거리고 고집을 부렸던 나 자신이 부끄럽기도 해서 당장 자리를 벗어나고 싶은 마음뿐이었다.

 "그래. 어여 드가서 좀 쉬라."

 "네. 할머니도 쉬세요."

 나는 얼른 방으로 들어와 문을 닫았다. 그리고 문에 기댄 채 한참을 서 있었다. 사랑으로 가득차다 못해 사랑만 남은 상대를 이기는 건 불가능한 일이었다.

무수한 방법 중 하나

"갱동아. 내일 개교기념일인데 뭐 하냐?"

7교시가 끝나고, 방과 후 수업 전 청소 시간에 강동수가 우리 반을 찾아왔다. 요즘 녀석은 학교에서도 쉬는 시간마다 핸드폰으로 틈틈이 글을 썼기 때문에 전처럼 우리 반을 들락거리지는 않았다. 글이 잘 안 써질 때만 한 번씩 나타나서 나뿐만 아니라 다른 친구들한테 강동수다운 엉뚱한 장난이나 시비를 걸었다. 그중에서도 녀석이 가장 많이 하는 행동은 칠판 구석에 이상한 낙서를 하는 것이었다. 그러면서 종국에는 늘 노트북 타령을 했기 때문에 과장을 조금 보태서 전교생이 강동수의 노트북 타령을 다 알 정도였다. 그리고 그때는 강동수의 노트북 타령이 어떤 일을 일으킬지 당연히 알지 못했다.

"뭐 하긴. 시험공부해야지."

내가 빗자루로 바닥을 쓸면서 대답했다.

"집에서?"

"내일은 도서관 갈 거야. 왜?"

질문의 의도가 궁금해 빗자루를 멈추고 녀석을 쳐다보았다. 동시에 근본적인 질문이 떠올랐다.

"근데 넌 왜 여기 있냐? 너희 반은 청소 안 해?"

"안 그래도 지금 가려고 했다. 그럼 내일 보자, 강동아."

녀석은 싱겁게 대답하며 자기 반으로 돌아갔다. 물론 강동수와 따로 약속한 건 없었다.

그날 밤, 녀석한테서 전화가 한 통 걸려왔다. 녀석은 다짜고짜 여름 바다가 보고 싶다고 말했다. 새로운 영감도 얻고, 잠시 일상에서 벗어나 시험 스트레스도 풀 겸 당일치기로 바다 여행을 가자고 했다. 그 말에 저절로 엄마가 있는 강원도가 생각났다. 녀석은 다른 건 자기가 알아서 다 준비할 테니까 옷만 여름 바다에 어울리게 갖추라며 신신당부를 하고 전화를 끊었다.

다음 날 나는 빌라 앞에서 신발코를 바닥에 콕콕 찍으며 자전거에 삐딱하게 앉아 있는 강동수를 만났다.

"뭐야?"

"보면 몰라? 얼른 타. 시간 없어."

강동수는 옆에 세워진 또 다른 자전거를 턱으로 대충 가리키며 대꾸했다. 누가 봐도 그 자전거는 내가 타고 갈 자전거였다.

"대체 어딜 가는데 자전거를 타고 가?"

그러면서 나는 구름 한 점 없이 새파란 하늘을 올려다보았다. 벌써부터 등에 땀이 한 바가지 흐르는 듯했다.

"아, 그전에. 내가 이럴 줄 알았다. 갈아입어라."

강동수가 나를 위아래로 재빠르게 훑은 뒤 마음에 안 든다는 표정으로 종이 가방을 내밀었다. 나는 종이 가방 안을 들여다보았다. 내 시선이 가방 안에 든 것과 강동수의 상의를 번갈아 오갔다. 같은 파인애플 무늬에 색만 다른 반소매 셔츠였다. 강동수는 분홍색, 가방 안의 셔츠는 노란색이었다.

"미쳤냐?"

살면서 이런 색의 옷은 입어본 적도 없을 뿐더러, 만져본 것도 아마 지금이 처음일 거다.

"그러게, 누가 옷을 그렇게 입고 나오래? 흰 티에 청반바지는 치과 갈 때도 입겠다. 좋은 말로 할 때 그냥 입어. 시간 없다니까."

강동수가 계속 재촉했다.

나는 마지못해 흰 티 위에 파인애플 셔츠를 껴입었다. 날씨가 날씨니만큼 더웠지만 흰 티를 벗을 수도 없는 노릇이었다.

"나 놓치지 말고 잘 따라와라, 갱동아."

녀석이 페달을 밟으며 먼저 출발했다. 나도 곧장 자전거에 올라 탔다. 페달을 힘껏 밟아 녀석의 꽁무니를 따랐다. 다행히 바람이 시원했다.

강동수가 번화가의 어느 커다란 건물 앞에 있는 자전거 보관대에 멈춰 서자, 나도 덩달아 멈췄다.

"여기서 잠깐 기다려라."

땀을 닦으며 내 시야에서 사라진 강동수가 이내 다시 나타났다. 녀석의 손에는 수박 모양의 수박 맛 아이스크림 두 개가 들려 있었다.

"여름에 수박이 빠지면 섭섭하지. 시간 다 돼 간다. 얼른 올라가자."

건물 안으로 들어서려는 녀석을 내가 낮은 목소리로 붙잡았다.

"여기는 왜 들어가? 어디 가는지는 말해줘야 하는 거 아니야?"

"어디긴 어디야."

강동수는 새삼스럽게 뭘 묻냐는 얼굴이었다. 그러고는 씩 입꼬리를 올리며 웃었다.

"꿈과 사랑이 가득한 영화관이지."

그렇다. 우리는 영화관이 있는 대형 쇼핑몰 앞에 서 있었다.

"바다 보러 가자며."

"또 뭘 모르는 소리 하네. 넌 그냥 조용히 나만 따라와."

녀석은 고개를 휘휘 가로저으며 쇼핑몰 안으로 쏙 들어가버렸다. 이번에도 나는 마지못해 녀석을 따라갔다. 영화를 미리 예매했는지 녀석은 바로 상영관으로 향했다. 그런데 우리가 들어가야 하는 듯한 상영관 앞에서 갑자기 샌들을 벗기 시작했다.

"뭐 해?"

"여행을 제대로 즐기고 싶으면 너도 벗어."

나는 강동수가 '미친놈'이라는 사실을 잠시 잊고 있었다. 그렇지만 처음만큼 기가 차거나 당황스럽지는 않았다. 이제는 되레 그런 녀석을 지켜보는 게 재미있었고, 내심 궁금하기도 했다.

"이제부터 우린 모래사장 위를 걷는 거야."

녀석은 맨발로 영화관 바닥에 깔린 부드러운 카펫에 한 발씩 내디뎠고, 나는 끝까지 운동화 끈조차 풀지 않았다.

평일 오전의 영화관은 한산하다 못해 텅텅 비어 있었다. 물론 영화마다 다르겠지만, 우리가 있는 상영관은 그랬다. 그래서 대놓고 안심했다. 옷차림이 이런 데다 진짜로 해수욕장에 놀러온 양 샌들을 벗어들고 다니는 미친 강동수와 나란히 사람들의 시선을 받을 용기는 없었다.

우리는 영화관 한가운데에 자리를 잡고 앉았다. 그러고 보니 무슨 영화를 보는지조차 몰랐다.

"무슨 영환데?"

"나도 몰라. 그냥 여름 바다가 배경인 영화 예매했는데?"

대책 없이 해맑은 강동수를 잠깐 쳐다보다가 고개를 돌려 스크린을 응시했다.

"우린 그저 시원한 바다에서 맛있는 수박을 먹으면서 뜨거운 여름을 즐기기만 하면 되는 거야! 자, 받아."

우린 그저 '에어컨이 빵빵한 시원한 영화관'에서 맛있는 '수박 맛 아이스크림'을 먹으면서 '뜨거운 여름 바다가 배경인 영화'를 즐기기만 하면 된다는 뜻이었다. 나는 강동수가 내민 '맛있는 수박'을 시원찮게 받아 들었다. 수박은 녹아서 벌써 형체가 반쯤 사라진 상태였다. 내가 볼멘소리로 말했다.

"다 녹은 걸 어떻게 먹어."

"역시 여름엔 수박주스가 최고지! 특히 이런 바닷가에서는 말이야."

빠르게 태세전환을 한 강동수는 녹은 아이스크림을 주스처럼 마셨고, 그러다가 셔츠에 흘리고 말았다.

"가서 바닷물로 씻고 와라."

내가 말하고도 어처구니가 없어서 헛웃음이 나왔다. 녀석과 함께 있다 보니 점점 나까지 유치해지고 있었다.

잠시 후, 바닷물에 옷 좀 빨아야겠다고 빙글거리며 자리를 떠났던 강동수가 팝콘과 음료수를 사 들고 자리로 돌아왔다. 여전히 샌들을 벗은 채였다.

팝콘을 몇 개 집어먹는데, 서서히 조명이 꺼지면서 잔잔한 음악과 함께 영화가 시작되었다. 영화는 바닷가에서 처음 만난 두 남녀 주인공이 사소한 이유로 사랑에 빠졌다가, 사소한 이유로 헤어지는 이야기였다. 큰 사건은 없었지만 감정선을 잘 보여주는 중립적인 연출로 두 사람의 입장이 모두 이해되어서 집중도 꽤 잘되고 재미있었다. 오랜만에 느끼는 영화관 특유의 분위기도 좋았고, 오랜만에 먹는 팝콘도 맛있었다. 무엇보다 덥지 않아서 좋았다.

"무슨 내용인지도 모르고 예매한 영화치고는 성공적이었다. 내용을 몰라서 더 집중해서 봤네."

상영관을 빠져나오며 녀석이 두 팔을 활짝 벌려 기지개를 켜면서 말했다. 원하던 대로 새로운 영감도 얻고, 기분 전환도 했는지 강동수의 두 눈이 부드럽게 빛났다.

기분 전환을 한 건 나도 마찬가지였다. 내 기억으로 평일에 영화관에 온 건 이번이 처음이었다. 그래서 개교기념일이라 합법적으로 쉬는 날인데도 왠지 땡땡이 치고 일탈한 느낌이었다. 정말로 저 멀리 강원도 어느 바닷가에 와 있는 것 같은 기분도 들었다. 낯설지만 좋았다. 아니, 낯설어서 좋았다. 별것 아닌 일이라도 나 혼자였으면 생각도 못했을 것들이어서 감흥이 좀 더 컸다. 무엇보다 사소한 일도 특별하게 만드는 강동수의 방식이 마음에 들었다.

"다만, 옆에 앉아 있던 사람이 강동수라서 조금 아쉬울 뿐이네?"

강동수가 내 어깨에 팔을 두르며 장난스럽게 말했다.

"멋대로 영화관에 끌고 온 사람이 할 말은 아닌 것 같은데."

"그래서 싫었나?"

"기대를 전혀 안 해서 나쁘진 않네."

내 대답에 강동수가 그 정도면 만족스럽다는 듯이 가볍게 웃었다.

"경동아. 다음엔 진짜 바다 보러 가자. 같이."

긍정의 의미로 나는 아무 말도 하지 않았다.

*

우리는 점심을 먹고, 집에 들러서 일상복으로 갈아입고 짐을 챙겨서 다음 목적지인 도서관으로 향했다. 사실 나만 그랬다. 강동수는 나를 쫓아와 내가 옷을 갈아입고 가방을 챙길 동안 거실에서 외할머니와 또 한바탕 이야기꽃을 피운 뒤 입은 옷 그대로 도서관으로 직행했다. 녀석은 빈손에다가 가방도 메지 않았다.

"옷은 빨아서 돌려줄게."

"너 가져. 선물이야."

나는 습관적으로 왜, 하고 물으려다가 기시감에 멈칫했다. 강동수가 눈치껏 먼저 입을 뗐다.

"그러면 이렇게 하자. 같이 바다 보러 가기로 했으니까 그때까진 네가 가지고 있어."

"그걸 또 입으라고?"

"당연하지. 그래야 비로소 우리의 추억이 완성되는 거라고."

어느새 우리는 도서관 앞에 도착했다. 문을 당겨서 안으로 들어가니 영화관만큼이나 시원했다. 오전에는 일탈 아닌 일탈과 여행 아닌 여행을 잘 즐겼으니, 오후에는 나는 시험공부를, 강동수는 PC 코너에서 글을 쓰기로 했다. 곧장 일반 자료실과 PC 코너가 있는 2층으로 올라갔다. 평일 낮인데도 많은 사람들이 자리를 차지하고 있었다. 나와 강동수도 각자 얼른 자리를 잡기 위해서 찢어졌다. 다행히 긴 책상에 두 자리가 남아 있었고, 나는 그중 한 자리를 차지했다. 의자에 앉고 보니 맞은편에 낯익은 사람이 앉아 있는 게 보였다.

그 순간 정수정과 눈이 마주쳤다. 버스에서 요구르트를 건네준 이후로 이렇게 얼굴을 마주하는 건 처음이었다. 정수정은 나를 보고도 별 반응 없이 다시 공부에 몰두했지만, 나는 자연스레 며칠 전 외할머니와 강동수와 밥을 먹다가 자리를 박차고 나갔던 날이 떠올랐다. 그날 내가 나를 어떻게 바라보고 있었는지 깨닫지 못했더라면 아마 지금도 당장 자리를 옮겼을 것이다. 전에는 정수정도 나를 불쌍하게 여긴다고 생각했다. 그래서 중학교 때 나를 도와준 거고.

그러나 그것은 내 멋대로 만들어낸 이야기였다. 정수정은 상대가 누구든 가리지 않고 나서서 잘 도와주었다. 그 때문에 선생님들에게 예쁨을 받고 친구들에게도 꽤 인기가 있었다. 그런 정수정을 부러워하는 아이들도 많았다. 나는 중학교 때 정수정이 나를 도와주기 전엔 정수정에 대해서 어떤 감정도 없었다. 딱히 관심도 없었고, 그냥 나와는 다른 사람이라고 생각했다. 하지만 나를 도와준 이후로 정수정은 나한테 불편한 존재가 되었다. 나를 위해서 나서준 그날 이후 나에게 정수정은 여기저기 오지랖을 부리는 사람이 되었고, 그런 정수정의 모습이 좋게 보이지 않았다. 남을 도와주며 자기가 더 나은 사람, 좋은 사람이라고 착각하는 것처럼 보였으니까.

사실은 내가, 부모님 없이 외할머니와 사는 나를 불쌍하게 생각했던 것이다. 그에 비해 정수정은 나보다 나은 사람, 행복한 사람처럼 보였다. 그래서 남들 앞에 당당히 나설 수 있는 거라고 생각했다. 자격지심으로 내가 가지지 못한 걸 가진 정수정이 부러워서 괜히 아니꼽게 보고 있었던 거였다.

"외할머니랑 단둘이 사는 게 뭐가 어때서? 이 세상에 엄마 아빠가 없는 사람은 없어. 그랬으면 태어나지도 못했겠지. 사정이 있어서 따로 살 수도 있고, 잠시 떨어져 있을 수도 있는데 잘 알지도 못하면서 왜 친구를 불쌍하다고 놀려? 너희가 무슨 자격으로?"

정수정이 나를 놀리던 친구들한테 했던 말을 나는 아직도 똑똑히 기억한다. 이제 와서 보니 그때 그 말을 듣고 정신을 차려야 하는 사람에는 나도 포함되어 있었다.

나는 가방에서 주섬주섬 노트와 필통을 꺼내며 다시 한번 정수정을 쓱 쳐다보았다. 그러고는 강동수한테 몇 시까지 공부할 거니까 방해하지 말라는 문자를 보냈다. 하지만 방해는 생각지도 못한 상대로부터 받았다.

톡. 작은 쪽지 하나가 날아와 내 노트 위로 떨어졌다. 나는 정수정한테 눈길을 한번 준 뒤 쪽지를 펼쳤다.

혼자 왔어?

정수정을 바라보며 고개를 좌우로 흔들었다.
"누구랑? 강동수?"
정수정은 소리를 내지 않고 입 모양으로 물었다. 내심 강동수와 함께 왔기를 바라는 눈치였다. 그도 그럴 것이 내가 고개를 위아래로 가볍게 끄덕이자 정수정의 얼굴이 살짝 밝아졌다.

또다시 쪽지가 하나 날아왔다.

강동수는 어딨는데? 왜 안 보여?
PC 코너

내 답을 마지막으로 더 이상 쪽지가 날아오지 않았다. 그렇게 나와 정수정은 각자 공부에 집중했다. 시간이 꽤 지난 후, 정수정이 자리를 비웠다.

시간이 조금 더 지나고, 내가 잠시 휴식 겸 읽고 싶었던 책을 읽고 있는데 정수정이 자리로 돌아왔다.

어느덧 우리의 양옆 자리는 비어 있었다.

"요즘 강동수 무슨 일 있어?"

정수정이 주변 눈치를 살피며 낮은 목소리로 물었다.

나는 책에 향했던 시선을 정수정한테 슬쩍 주었다.

"아, 너 말고 우리 반 강동수."

"무슨 일?"

내가 되물었다. 때마침 강동수한테 문자 메시지가 와서 짧게 확인한 뒤 다시 정수정을 쳐다보았다. 동시에 나는 책을 덮었다.

"요새 학교에서 계속 핸드폰만 보고 나한테 말도 잘 안 걸더니,

여기에서는 컴퓨터 모니터만 뚫어져라 보길래. 혹시나 무슨 일이 있나 하고 물어보는 거야. 같은 반 친구로서. 그냥 궁금해서."

그렇게 말하며 정수정이 내 눈을 피했다. 묻지도 않았는데 '같은 반 친구'를 강조하는 걸 보니, 강동수를 향한 정수정의 관심이 단순히 같은 반 친구로서가 아니라는 것을 무딘 나도 알 수 있었다. 그렇다고 정수정의 마음을 명확하게 아는 건 아니었다. 시도 때도 없이 귀찮게 굴던 강동수가 보이지 않아 궁금증을 이기지 못하고 내가 피시방을 찾아간 것처럼, 정수정도 비슷한 마음일 수 있으니까. 매일같이 찾아와 고백 공격을 하던 녀석이 갑자기 발길을 뚝 끊었다면 더더욱 말이다. 다만 당돌한 정수정이 어울리지 않게 강동수한테 직접 묻지 않고 나한테 강동수 일을 물어보는 게 의외라는 생각이 들었다.

"강동수 보러 PC 코너 갔다 온 거 아니야? 그럼 직접 물어보지 그랬냐."

"그러게. 거기까지 갔는데 나 왜 그냥 왔지? 진지한 강동수가 낯설어서 괜히 쫄았나?"

못내 아쉬워하는 정수정을 보는데 방금 강동수가 보낸 문자 내용이 떠올랐다. 동시에 좋은 생각이 났다. 생각해 보면 편의점에서의 요구르트도 그렇고, 반소매 셔츠도 그렇고, 영화관도 그렇고, 이제껏 나는 강동수한테 받기만 했다. 그래서 오전에 영화관에서 강동수 덕분에 생각지도 못했던 좋은 시간을 보낸 것처럼 사소하지만 특별한 방식으로 녀석도 똑같이 느끼게 해주고 싶었다.

"정수정. 파란색 펜 있으면 좀 빌려줘."

나는 일부러 내가 가지고 있지 않은 색깔의 펜을 말했다.

"파란색?"

정수정이 곧장 자기 필통을 뒤적거렸다. 그리고 펜을 하나 꺼내면서 말했다.

"이거 내가 무지 아끼는 펜이야. 난 이따 7시에 가야 하니까, 쓰고 그 전엔 무조건 돌려줘야 해. 잊지 말고. 꼭."

정수정은 공주 캐릭터가 그려진 데다 화려한 레이스가 달린 펜을 나에게 내밀었다.

"7시?"

"응. 오늘 가게에 단체 손님이 있어서 일찍 가야 하거든. 한 명이라도 더 거들어야 덜 힘들지. 우리 부모님도, 같이 일하시는…… 분도."

중학교 때 체육대회가 끝나고 정수정이 반 아이들을 식당으로 초대한 적이 있어서 정수정네 부모님이 식당을 운영한다는 건 알고 있었다. 그때 나는 당연히 참석하지 않았다. 그래서 정수정이 부모님 식당 일까지 발 벗고 나서서 도와준다는 건 처음 알았다.

한편으로는 색안경을 끼지 않고 이제야 정수정을 제대로 마주하는 것 같아서 조금은 민망하기도 했다. 정수정은 그다지 친하지 않은 사람에게도 자신이 아끼는 것을 선뜻 빌려줄 수 있는 사람이었다.

"고맙다."

솔직히…… 공주 스타일 펜에 놀라서 다른 펜은 없냐고 물으려다가 오히려 잘됐다는 생각이 들었다. 펜은 튀면 튈수록 좋았다. 그래야 정수정이 헤매지 않고 자신의 펜을 잘 찾을 수 있을 테니까.

그렇게 정수정이 빌려준 펜과 이면지 몇 장을 챙겨서 강동수가 있는 PC 코너로 향했다. 입구로 들어서자마자 따로 녀석을 찾을 필요도 없이 첫 번째 자리에서 막 일어난 강동수와 눈이 마주쳤다. 나는 가까이 다가갔다. PC 코너는 다른 열람실에 비해 분위기가 자유로운 편이었다.

"안 그래도 문자 답이 없어서 찾아가려고 했는데, 왔네?"

그래도 우리는 최대한 낮은 목소리로 대화했다.

"화장실 가는 길에 들른 것뿐이야. 자."

무심히 답하면서 강동수가 문자로 필요하다며 빌려 달라고 했던 이면지와 펜을 녀석에게 넘겨주었다.

"화장실은 반대편인데 굳이굳이 이렇게 돌아서 간다고?"

물론 좋은 생각이 떠올라서 직접 찾아온 건 맞지만, 화장실 가는 길에 들른 것도 사실이었다. 정말 화장실 가는 김에 온 거니까.

"나중에 고맙다고 울지나 마라."

"빌려줘서 고맙다, 걍동아. 다음에 갚을게."

"갚을 필요 없어. 영화표 값 대신이니까."

"근데 네 취향이……. 좀 의외다? 이런 공주풍 레이스를 좋아할 줄은 몰랐는데."

강동수가 펜을 이리저리 살피며 말을 덧붙였다.

"이 펜, 어디서 많이 본 것 같은데? 아닌가? 그냥 유명한 펜인가?"

녀석은 그게 정수정 펜이라는 걸 눈치 채지 못했다. 게다가 아직까지 정수정에 대해 별다른 말이 없는 것으로 보아 조금 전에 정수정이 자신을 찾아왔다는 사실도 모르는 듯했다. 아니, 정수정이 도서관에 있다는 사실조차 모르는 듯했다.

"아무튼 고맙다."

녀석은 나한테 적당히 손짓으로 인사한 뒤 다시 자리에 앉아 이면지에 무언가를 그리기 시작했다. 아무래도 지금 쓰고 있는 드라마 시나리오에 필요한 작업인 듯했다.

강동수는 공모전 준비에 한창이었다. 시나리오를 제대로 쓰는 건 처음이라며, 머리가 터질 것 같다고 투덜거리면서도 늘 내용에 대해 고민하면서 꾸준히 글을 썼다. 그 모습이 솔직히 자극이 되기도 했고, 조금은 멋있어 보이기도 했다. 다시 한번 강동수가 드라마에 진심이라는 것이 실감되었다.

나는 열심히 꿈을 향해 달려가는 강동수가 부러웠다. 그리고 그런 모습은 볼 때마다 강동수가 낯설게 느껴질 만큼 의젓해 보였기 때문에 정수정이 강동수한테 관심을 가지는 것도 어느 정도 이해가 됐다. 한없이 가벼워 보이던 강동수라서 더더욱 말이다.

"글 쓰느라 요새 정수정한테 고백 공격은 안 하나 보지?"

"야, 공격이라니. 난 진심이거든? 그냥 잠시 뜸한 것뿐이야."

"왜 뜸한데? 기회와 인연은 기다리는 게 아니라 직접 만드는 거라며."

내 말에 강동수가 피식 웃으며 시선을 주었다.

"내가 한 말 잘 기억하고 있네? 인연보다는 기회를 먼저 잡기 위해서 고군분투하는 중이다. 됐냐?"

공모전에 대한 강동수의 의욕과 욕심이 생각보다 크다는 걸 알 수 있는 대답이었다.

"만약 우연히 정수정을 만나게 되면 어떨 것 같은데."

그럼에도 정수정과 잠깐 시간을 보내는 건 괜찮지 않을까 하는 생각이 들어 물었다.

"지금 나한테 물어보는 거야? 너답지 않게 갑자기 그런 걸 왜 묻냐?"

녀석은 갑작스러운 내 질문을 흘려듣지 않고 의문스러운 표정으로 나를 쳐다보았다.

"대답이나 해. 어떨 것 같냐고."

"어떻긴. 당연히 좋겠지."

적당한 답을 들은 나는 자리를 떠나기 직전에 녀석에게 말했다.

"이따 6시 55분에 도서관 정문 앞으로 나와라."

"6시 55분? 왜? 그때 집에 가게? 늦게까지 공부할 거라며. 그리고 왜 하필 6시 55분인데?"

"후회하기 싫으면 그 펜 들고 정문 앞에 잘 서 있어라. 늦지 말고."

"말을 좀 알아듣게 하고 가라, 이 자식아."

강동수가 큰 소리를 내려다 주변 눈치를 보더니 소리를 낮춰 말했다.

"넌 나한테 친절하게 설명해주고 영화관으로 데려갔냐?"

스스로도 유치하다고 생각은 했다. 어찌 됐든 나는 할 말을 전부 전하고, 화장실에 들렀다가 곧바로 자리로 돌아왔다. 다시 공부에 집중하다 보니 시간은 어느새 7시에 훌쩍 가까워져 있었다.

정수정이 슬슬 짐을 챙기기 시작했다. 그러더니 나에게 손바닥을 내밀며 말했다.

"이제 내 펜 돌려줘."

"도서관 정문 앞에 있어."

내가 냉큼 답했다.

"그게 뭔 소리야?"

정수정이 미간을 찌푸리며 물었다. 농담이 아니라 정말 아끼는 펜인 듯했다.

"말이 이상한 건 아는데. 아무튼 정문 앞에 있어."

내가 할 수 있는 최선의 설명이었다.

"너, 설마 내 펜 잃어버렸어?"

"아니. 도서관 정문 앞에 있다니까. 잘 찾아봐."

끝까지 같은 말만 하는 나를 바라보며 정수정이 황당하다는 듯이 짧게 탄식했다. 내가 왜 이러는지 짐작도 안 간다는 얼굴이었다. 그도 그럴 것이 빌려준 펜이 도서관 정문 앞에 있다고 찾아보라니……. 내가 말하고도 어처구니가 없었다.

강동수는 도서관 정문 앞에서 정수정의 펜을 들고 서 있을 터였다. 그런 강동수를 정수정이 발견할 테고, 강동수가 정수정을 데려다주면서 둘만의 시간을 보낼 것이다. 이것이 내 계획이었다. 내가 만드는 두 사람의 인연이었다. 그래서 구태여 녀석에게 내 펜이 아닌 정수정의 펜을 빌려주었다.

하지만 막상 강동수와 정수정을 보내고 나니 괜한 오지랖을 부린 것 같기도 했다. 앞뒤 사정을 모르는 정수정 입장에서는 기분이 나쁠 수도 있겠다는 생각이 들었다.

"도서관 앞에 없거나 장난치는 거면 진짜 가만 안 둬. 학교에서 보자."

하지만 정수정은 의외로 쿨하게 말하고는 도서관을 떠났다.

잠시 후, 강동수한테서 전화가 왔다. 나는 일부러 받지 않았다. 곧 잠잠해진 핸드폰이 짧게 진동했다.

-강동아. 정수정이 다시는 너한테 펜 안 빌려준대.

이어서 또 진동이 울렸다.

-근데 나는 또 빌릴래^-^

계획은 성공적이었던 것 같다. 나는 바로 답장을 보냈다.

-네가 드라마에 얼마나 진심인지, 나한테 얘기했던 것처럼 정수정한테도 말해줘라. 그래야 정수정도 네 고백을 장난으로 안 받아들이지. 데이트 잘해라.

내 핸드폰은 더 이상 울리지 않았다.

유일한 목격자

그날, 저녁을 먹지 않고 도서관에서 계속 공부를 하다가 출출해져서 집중력이 깨진 나는 평소 야자를 마치고 집에 들어가는 시간보다 이르게 집에 도착했다. 어찌 된 영문인지 집 안이 깜깜했다. 외할머니는 병원을 가거나 개인적인 약속이 있어도 오전이나 낮에 볼일을 마치고 해가 지기 전에는 꼭 돌아왔기에, 내가 어두운 집 안을 환하게 만드는 건 드문 일이었다.

곧장 옷만 갈아입고, 부엌에서 외할머니가 끓여놓은 김치찌개를 데우고 있는데 현관문이 열리면서 인기척이 들렸다.

"동수 벌써 왔나?"

외할머니가 황급히 들어오며 물었다.

"네. 공부하다가 배고파서 일찍 왔어요. 어디 다녀오세요?"

우산 사건 이후로 외할머니를 대하는 내 태도는 서서히 부드러워졌다. 애써 고집을 부리며 날을 세울 필요가 없다는 걸 깨달았기 때문이다. 그러자 외할머니를 보는 것이 더 이상 불편하지 않았고, 나를 반겨주는 누군가가 있다는 게 싫지 않았다. 비로소 할머니와 제대로 된 관계를 맺어가고 있는 것 같았다.

"아, 영지 할매 만나러. 배 많이 고프나? 조금만 기다리라. 얼른 상 차려주꾸마."

그런데 외할머니가 내 눈을 피했다. 나를 스쳐 지나가는 외할머니 옷에서는 어슴푸레하게 고기 냄새가 났다. 아마도 영지 할머니를 만나서 고기를 먹고 온 듯했다.

"아니에요. 제가 차려 먹을게요. 들어가서 쉬세요."

"그래도 개안나?"

외할머니의 얼굴이 유달리 피곤해 보였다.

"네, 저 신경 쓰지 마시고 들어가서 주무세요."

"알았다. 고맙데이. 니도 피곤할 텐데 설거지는 그냥 놔둬라. 내일 아침에 하면 되니까."

외할머니는 어깨가 축 처진 채로 비슬거리며 곧장 방으로 들어갔다. 나는 밥을 두 그릇이나 먹고 뒷정리를 한 뒤 소화도 시킬 겸 방에서 공부를 더 하다가 새벽 1시에 잠이 들었다.

그렇게 거의 2주를 다른 데 신경 쓸 겨를 없이 시험공부에만 매진했다. 그런 와중에도 눈에 띄는 변화들이 있었다.

첫 번째 변화는 강동수와 정수정이었다. 강동수한테 정수정 펜을 대신 빌려주고, 그날 두 사람이 함께 시간을 보낸 이후 강동수한테 데이트를 잘했는지 따로 물어보지는 않았다. 묻지 않아도 알 수 있었다. 두 사람이 부쩍 가까워졌다는 것을. 가끔 우리 반으로 나를 찾아오는 강동수 옆에는 어느 순간부터 정수정이 있었고, 쉬는 시간에도 시험공부를 하느라 눈길조차 안 주는 내 앞에서 두 사람은 티격태격 장난을 쳐댔다.

그러던 어느 날, 강동수와 정수정 반에 여자애 한 명이 전학을 왔다.

"아까 전학생한테 시험 범위를 아주 친절하게 알려주던데, 그러다가 시험도 대신 봐주겠다?"

문제집을 보고 있는데 머리 위로 정수정의 목소리가 울렸다. 목소리만 들어도 정수정의 기분이 언짢다는 것을 알 수 있었다. 그 한마디로 두 사람 반에 무슨 일이 있었는지 대충 짐작이 갔기에, 나는 정수정이 질투하는 거라고 생각했다.

"그저 같은 반 친구로서 친절히 알려준 것뿐이야. 내가 전학 왔을 때 네가 그랬던 것처럼. 시험을 다 같이 잘 보면 좋잖아. 그리고 대신 시험을 봐주는 건 전학생이 원하지 않을 것 같은데?"

강동수는 아무렇지 않게 받아쳤다.

"왜, 그것도 아주 다정하게 물어보지 그래?"

"그럴까?"

강동수가 자리에서 일어나는 시늉을 하자, 정수정이 강동수의 팔을 다급하게 잡으며 입을 열었다.

"됐어. 내가 대신 물어볼 테니까 넌 가만히 있어. 앞으로 전학생은 내가 챙길 거야."

"그러다가 전학생도 나처럼 널 좋아하게 되면 어떡해?"

"그때부터였어?"

정수정이 살짝 뜸을 들인 후 강동수에게 물었다.

"뭐가?"

"네가 날 좋아한 게……."

제 입으로 말하는 게 쑥스러웠는지 정수정은 괜히 목소리를 높이며 말을 덧붙였다.

"그리고 전학생은 여자거든."

"응. 전학 온 날부터. 솔직히 안 좋아하기도 힘들지."

녀석은 그런 정수정이 귀엽다는 듯이 웃음을 흘렸다.

"학교에 잘 적응할 수 있게 네가 지극정성으로 챙겨줬잖아."

녀석이 갑자기 정수정 쪽으로 몸을 아예 틀었다. 몸을 트는 도중에 내 필통을 살짝 쳤다.

"정수정. 솔직하게 말해 봐."

"뭘?"

"내가 잘생겨서 특별히 더 신경 쓰고 챙겨준 거지?"

재수 없는 놈······. 강동수는 자기가 듣고 싶은 답을 이미 정해놓고 물어보는 듯했다.

"네가 잘생긴 건 맞는데, 그런 이유로 특별하게 챙긴 적은 없어."

정수정의 말에 녀석은 만족스럽다는 듯이 고개를 가볍게 끄덕였다.

"앞으로도 잘생긴 사람이 같이 가자고 하거나, 맛있는 거 사준다고 해도 절대 따라가면 안 된다, 수정아."

녀석이 오른손을 들어 정수정의 머리를 가볍게 쓰다듬었다. 정수정은 그런 강동수를 뿌리치지 않았다. 아니, 오히려 좋아하고 있었다.

"그럼, 잘생긴 사람이 계속 드라마 대사로 고백하면?"

정수정은 강동수를 선뜻 받아주었다. 그리고 이것이 두 사람 사이에 일어난 가장 큰 변화였다. 강동수를 대할 때 찬바람이 쌩쌩 불던 정수정의 모습은 이제 찾아볼 수 없었.

나는 다시 고개를 떨구며 문제집을 응시했다. 곧이어 강동수의 진지한 목소리가 들려왔다.

"그건 진지하게 생각해 보는 것도 나쁘지 않을 것 같은데. 장난스러워 보여도 엄청난 용기를 가지고 한 고백일 테니까."

그렇게 말하는 녀석의 진심을 끝으로 두 사람 사이에는 묘한 공기가 흘렀다. 정수정도 더 이상 말이 없었다. 싫어서라기보다는 갑작스러워서 무슨 말을 해야 하는지 모르는 것 같았다. 이내 자기 마음이 정수정한테 부담으로 다가가지 않기를 바란다는 듯이 녀석이 나에게 말을 걸면서 자연스레 분위기를 풀었다.

"야, 강동아. 나 정도면 되게 의젓하고 괜찮지 않냐?"

정수정은 그런 말을 자기 입으로 뻔뻔하게 잘만 하는 강동수를 보며 헛웃음을 터뜨렸다. 하지만 나는 헛웃음조차 나오지 않았다. 뻔뻔하고 재수 없는 강동수가 너무나도 익숙했기 때문이다.

"그걸 왜 나한테 물어. 네가 행동으로 직접 보여주면 되잖아."

내 말이 끝나기가 무섭게 수업 종이 울렸고, 두 사람은 다시 아웅다웅하면서 반으로 돌아갔다.

"대체 우리 반엔 왜 온 거야."

나는 혼자 중얼거리며 다음 수업 준비를 했다.

두 번째 변화는 강동수 자체였다. 그러고 나서 며칠 후, 복도를 지나가다가 우연히 마주친 강동수의 상태는 눈에 띄게 이상했다. 어디가 아픈 건지 아니면 정수정이랑 싸운 건지 기운이 하나도 없었다. 마치 물이 없어서 말라버린 꽃처럼. 잘못 건드렸다가는 맥없이 꺾여 그대로 스러질 것만 같았다.

"어디 아프냐?"

"…… 아니. 나 멀쩡한데?"

물론 전혀 멀쩡해 보이지 않았지만, 그래도 나는 그 말을 믿었다. 녀석이 공부를 아예 안 하는 것도 아니었고, 공모전 마감일도 얼마 남지 않아서 시험도 보고 글 쓰느라 많이 피곤한가 보다 했다. 우선 시험을 잘 마치고, 정수정과의 관계나 공모전 시나리오에 대해서 이것저것 물어볼 생각이었다.

　어느덧 기말고사가 끝나고 여름방학과 동시에 보충수업이 시작되었다. 하지만 녀석을 보기가 쉽지 않았다. 복도에서 우연히 마주치는 일도 없었다. 보충수업이 끝난 뒤 강동수의 반을 몇 번 찾아갔다. 그때마다 녀석은 이미 가방을 챙겨 교실을 빠져나가고 없었다. 나는 강동수가 일부러 나를 피한다고 생각했다.

　강동수가 왜 갑자기 나를 피하는지 이유를 도무지 알 수 없었지만, 녀석이 열성을 다해 준비하던 공모전 마감일이 가까워졌다. 그 핑계로 강동수한테 연락을 했다. 정확히 마감일은 다음 주였지만, 우편 접수라 기간을 넉넉하게 잡고 보냈을 거라 생각했다.

　-공모전 지원은 잘했냐?

　며칠이 지나도 강동수한테서 답장이 오지 않았다.
　공모전 마감일 바로 다음 날, 생각지도 못한 일이 터졌다. 하필 날씨도 잔뜩 흐려서는 먹구름이 하늘을 뒤덮어 금방이라도 엄청난 비가 쏟아질 것만 같았다.

"잘 찾아봐. 어제 동아리 연습 때까지만 해도 있었잖아."

"다 찾아봤다고."

"집에 놓고 온 거 아니야?"

"뭔 소리야. 집에서 노트북을 꺼낸 적이 없는데."

"그러면 노트북이 어디로 사라져?"

"그러니까! 노트북에 발이 달린 것도 아니고."

"다른 사람한테 빌려주고 깜빡한 거 아니야?"

"미쳤냐? 나도 아까워서 함부로 못 쓰는 최신형 노트북을 남한테 빌려주게?"

주회 시간 전, 3분단 앞쪽에 모여 있던 한재민 무리에서 들려오는 소리였다. 누가 들어도 그토록 자랑해대던 한재민의 최신형 노트북이 감쪽같이 사라졌다는 걸 알 수 있었다.

"다시 한번 잘 찾아봐."

"아무리 찾아도 없다니까!"

한재민이 벌컥 짜증을 내며 말했다. 그러자 무리 중 한 명이 확신에 찬 목소리로 말했다.

"그럼 누가 훔쳐간 거네."

"야, 누가 노트북을 훔쳐가. 그건 범죄인데?"

"그것 말고는 말이 안 되잖아. 노트북이 혼자 도망갔겠냐? 안 그래, 한재민? 누구 짐작 가는 사람 없냐?"

의심이 확신으로 변한 듯한 무리의 물음에 한재민은 기다렸다는 듯이 내 자리로 성큼성큼 걸어왔다.

"야. 전부터 강동수가 노트북 필요하다고 하지 않았었냐?"

나에게 한가롭게 말을 거는 한재민은 전혀 노트북을 잃어버린 사람 같지 않았다. 내가 느끼기엔 그랬다.

곧장 한재민이 말을 이었다.

"아, 너 말고 네 친구 강동수."

나는 한재민한테 시선조차 주지 않았다. 노트에 잘못 표기한 부분을 지우기 위해 필통에서 수정테이프를 찾으며 내 할 일만 했다.

"네 친구 강동수가 내 최신형 노트북 훔쳐간 거 아니냐고?"

한재민이 발로 내 발을 툭 치면서 다시 한번 따지듯 물었다.

나는 그제야 가소롭다는 눈으로 한재민의 얼굴을 쳐다보았다. 녀석은 내가 사건의 전말을 다 알고 있는 유일한 목격자라는 것을 꿈에도 모르는 게 분명했다.

전날, 그러니까 공모전 마감일 당일에 나는 보충수업이 끝나고 혼자 교실에 남아서 자습을 했다. 아무도 없는 교실에서 하는 공부가 제일 집중이 잘되고 좋았기 때문에 가끔 빈 교실에 남곤 했다. 공부를 하다가 수정테이프가 다 떨어져 학교 앞 편의점에서 수정테이프를 사고, 다시 교실로 돌아가는 길에 3반에 있는 한재민을 발견했다. 그냥 지나치려다가 남의 반에서 사물함을 이리저리 살피는 한재민의 움직임이 수상해서 걸음을 멈추고 몸을 살짝 낮춰서 녀석을 지켜보았다. 한재민은 3반 뒷문 쪽에 있었고, 나는 3반 앞문 가까이에 있었다. 그리고 내 손에는 핸드폰이 들려 있었다.

한재민은 사물함 중 하나의 문을 열었다. 그러고는 들고 있던 노트북을 그 사물함에 집어넣었다. 그런 뒤 녀석이 주변을 살피며 3반을 나오려고 하기에 나는 얼른 우리 반 뒷문으로 들어가 몸을 숨겼다. 혹시나 한재민이 우리 교실에 들를 것에 대비해서 일부러 내 사물함에서 무언가를 찾는 시늉까지 했다. 그러나 한재민은 교실에 들어오지 않고 그대로 나가는지 발소리가 멀어졌다.

멀리서 본 탓에 누구의 사물함에 노트북을 넣었는지 몰랐는데, 오늘 강동수를 걸고넘어지는 걸 보니 강동수 사물함이었던 모양이다. 거기에 넣었던 노트북은 한재민 자신의 노트북이었던 거고.

"너도 강동수가 범인인 것 같아서 아무 말도 못하는 거냐?"

강동수를 노트북 훔친 아이로 만들려고 그 같은 일을 꾸며놓고 내 앞에서 멋대로 지껄이는 한재민이 같잖았다. 왜 이렇게까지 하는지 이해도 되지 않았다.

한재민은 내가 뭐라고 대꾸할 틈도 주지 않고 마치 안달이 난 사람처럼 계속해서 입을 놀렸다.

"아, 설마 강동수가 전학 온 것도 전 학교에서 도둑질하다가 걸려서 그런 거 아냐?"

어떻게든 강동수를 범인으로 몰아가려는 한재민의 노력이 가상해서 눈물이 날 지경이었다.

"유치해서 더는 못 들어주겠네. 혼자 탐정놀이해?"

그때 최동훈이 낮은 목소리로 끼어들었다.

"넌 빠져. 네가 강동수야?"

"최동훈인데."

"아, 알겠다. 너희 둘도 강동수랑 공범이지? 그러니까 우리 반 강동수는 아무 말도 못하고, 최동훈 넌 감싸는 거 아냐?"

한재민이 의기양양하게 말하자 최동훈이 코웃음을 쳤다. 하지만 한재민은 아랑곳하지 않고 이어서 말했다.

"진짜 같이 훔쳤냐? 아니면 강동수가 훔칠 수 있게 망봐줬냐?"

나와 최동훈은 여전히 심드렁했지만, 반 애들은 공범이라는 단어에 반응하며 힐끔힐끔 우리 쪽을 쳐다보았다. 한재민이 입꼬리 한쪽을 올리며 슬쩍 웃는 걸 보니, 아마도 상황이 녀석의 계획대로 잘 흘러가고 있다고 생각하는 듯했다.

"완전 도둑놈들이네, 이거!"

한재민이 경멸과 비아냥이 담긴 목소리로 외쳤다.

"지가 간수 못한 거 가지고 어디서 생사람을 잡아?"

최동훈이 진심으로 기분 나쁘다는 듯이 눈썹을 치켜올리자, 한재민이 어깨를 으쓱했다.

"그래, 최동훈 넌 아니라고 치자. 그러면 강동수는?"

한재민이 다시 나를 내려다보며 한 손으로 기분 나쁘게 내 팔뚝을 툭툭 건드렸다.

"야. 너도 무슨 말이라도 해 봐."

나는 그런 한재민의 손을 매섭게 쳤다.

"솔직히 너도 강동수를 못 믿어서 선뜻 아니라고 말 못하는 거잖아. 안 그러냐? 그냥 솔직하게 말해."

한재민이 원하는 대로 내가 정말 솔직하게 다 이야기하면, 그때도 녀석은 계속 이렇게 웃을 수 있을까?

"내가 아는 강동수들은 그런 짓을 할 녀석들이 아니야. 내가 아는 한재민이면 모를까."

하지만 이번에도 내 입이 아니라 최동훈이 먼저였다. 최동훈의 말은 한재민을 자극하기에 충분했다.

"네가 아는 한재민이 뭐?"

순식간에 얼굴을 굳힌 한재민이 옆에 있던 의자를 거칠게 찼다. 의자가 뒤에 있던 사물함에 부딪히면서 시끄러운 소리를 냈고, 몇몇 여자애들이 놀라서 새된 소리를 질렀다. 그 소리에 다른 반 애들이 불구경이라도 하듯 슬슬 우리 교실 앞 복도로 모여들었다.

"네가 아는 한재민은 어떤데?"

그런데도 분이 안 풀리는지 한재민이 최동훈의 어깨를 자기 어깨로 퍽 치고는 시비조로 물었다. 하지만 최동훈은 그다지 위협적으로 느껴지지 않았는지, 의자를 한번 보더니 픽 웃으며 말했다.

"예전에 깡동이 뭐라고 그랬더라. 얍삽하고 비열한 인간이라고 그랬나."

그러자 옆에서 작게 웃음소리가 들려왔다.

"이 새끼가!"

최동훈의 멱살을 잡으며 당장이라도 주먹을 내지를 것 같던 한재민이 갑자기 한숨을 뱉으며 최동훈을 놓아주었다. 마치 자기 상대는 최동훈이 아니라는 듯이 말이다.

"그래, 좋아. 강동수가 진짜 범인인지 아닌지, 그 새끼 가방이나 사물함을 뒤져보면 되겠네."

그러면서 교실을 빠르게 나가는 한재민을 보며 나는 일이 점점 커지고 있다는 생각이 들었다. 사실 일이 이렇게까지 커질 거라고는 예상하지 못했다. 이렇게까지 커질 일도 아니었다. 내가 본 일을 진작에 얘기했으면, 한재민이 욕을 조금 얻어먹고 끝날 일이었다.

나는 잠시 고민하다가 한재민을 쫓아 3반으로 향한 최동훈과 몇몇 반 아이들의 뒤를 한 발짝 떨어져서 따라갔다.

한재민은 이미 강동수를 붙들고 큰 소리를 치고 있었다.

"너 맞잖아. 내 노트북 훔쳐간 범인!"

순식간에 3반이 시끄러워졌다.

"다짜고짜 와서 뭔 소리야. 말을 좀 알아듣게 해."

강동수는 어처구니 없다는 얼굴로 한재민을 응시했다. 갑자기 나타나서 노트북을 훔쳐갔네 어쩌네 하니 당연히 어이가 없을 만도 했다.

"하, 이 새끼 봐라? 다 알면서 모르는 척하네? 네가 내 노트북 훔쳐갔잖아. 네가 훔쳐간 내 노트북 내놓으라고!"

"증거 있어?"

정수정이 끼어들면서 한재민의 앞을 가로막으려고 하자, 강동수가 말없이 정수정의 손목을 붙잡았다.

"강동수가 범인이라는 증거 있냐고!"

하지만 정수정은 아랑곳하지 않고 한재민에게 다시 소리쳤다.

"아 씨, 진짜 짜증나게……. 네가 강동수냐? 강동수들 주변 애들은 왜 이렇게 하나같이 나대는 거야, 재수 없게! 네 일 아니면 신경 끄라고!"

한재민이 정수정 어깨를 거칠게 밀었다.

"미쳤냐?"

강동수가 한재민의 멱살을 잡고 밀치며 소리쳤다.

"안 미치게 생겼냐? 최신형 노트북을 도둑맞았는데."

분위기가 점점 험악해지자 최동훈과 몇몇 애들이 두 사람을 말리기 시작했다. 하지만 나는 줄곧 자리에 우두커니 서 있었다. 내가 한재민을 쫓아 3반까지 온 건 유일한 목격자이기 때문이다. 사건의 진상을 전부 알고 있는 사람으로서 노트북 분실 사건은 한재민이 꾸민 자작극이라는 사실을 밝히기 위해서였다. 강동수가 범인이 아니라고, 내가 다 봤다고, 한마디만 하면 되는데…… 어찌 된 영문인지 내 입은 열리지 않았다.

"야, 강동수 사물함 확인해 봐."

한재민이 옆에 있던 애를 툭 치면서 말했다.

"내 사물함은 왜?"

강동수가 정색하며 물었다.

"내 노트북을 거기에 숨겼을 수도 있으니까."

"내가 안 훔쳤다고. 어떻게 생겨먹었는지도 모르는 네 노트북을 아까부터 왜 나한테서 찾는데?"

강동수는 막무가내로 우기는 한재민이 질린다는 얼굴이었다.

"네가 그렇게 결백하면 그냥 사물함 한번 보여주면 되잖아."

"내가 한 짓이 아닌데 내가 왜 범인 취급을 받으면서 그래야 하는데."

분위기가 또다시 험악해지기 시작했다.

"사물함에 진짜 들키면 안 되는 거라도 넣어놨냐? 떳떳하면 열어."

한재민이 비열하게 웃으며 계속 말했다.

"설마, 내 노트북 말고 다른 것도 훔쳤냐?"

"한재민. 적당히 해!"

한재민을 바라보는 강동수의 눈빛이 차갑다 못해 시리게 느껴졌다.

"뭘 적당히 해. 너나 쓸데없이 시간 끌지 마."

말릴 틈도 없이 한재민이 교실 뒤쪽으로 성큼성큼 걸어가더니 강동수의 사물함 문을 활짝 열어젖혔다. 거기에는 한재민의 노트북이 떡하니 자리를 잡고 있었다. 잠시 정적이 찾아왔다.

"뭐야. 강동수가 사고 쳐서 강제 전학 왔다는 소문이 사실이었어?"

"거 봐. 내가 그럴 줄 알았다니까."

"대박이다……. 진짜 강동수가 범인일 줄이야!"

"그럼, 이제 또 다른 학교로 강제 전학 가는 거야?"

한재민과 강동수를 구경하고 있던 아이들이 속닥거리는 소리가 여기저기서 들려왔다. 한재민은 의기양양한 표정으로 웃었고, 최동훈과 정수정은 똑같이 놀란 얼굴로 강동수를 바라보았다.

나는 강동수의 사물함에 노트북을 넣은 사람이 한재민인 걸 알고 있다. 그런데도 아이들 앞에서 강동수가 도둑으로 몰리는 상황을 그저 지켜보고만 있었다. 마치 정말 아무것도 모르는 사람처럼 말이다. 그 순간만큼은, 나는 유일한 목격자가 아니라 한재민과 공범이었다.

나와 강동수의 눈이 정면으로 마주쳤다. 강동수가 눈으로 자신이 한 짓이 아니라고 간절하게 말하고 있었다⋯⋯.

어른이 되면 지긋지긋한 현실이 조금은 나아질까 싶어서 늘 미래로 가고 싶었다. 그런 내가 살면서 처음으로 시간을 되돌리고 싶다는 생각이 들었다.

나는 나와 관련된 터무니없는 소문도, 수치스러운 사실도, 저마다의 입맛에 맞춘 편견도 억울했다. 사람들의 입에 나오르는 것이 끔찍이도 싫었다. 나를 다 안다는 듯이 떠들어대는 모습이 역겨웠다. 그래서 입을 다무는 쪽을 선택했다. 누가 나에 대해서 뭐라고 떠들든 상관없었다. 아니, 상관없는 척했다. 일부러 더 아무렇지 않은 척했다. 무심한 척, 신경 안 쓰는 척했다. 그래야 내가 상처받지 않고, 남들 눈에도 초라해 보이지 않을 테니까. 그게 나를 지키는 방법이라고 믿었다. 아무렇지 않다고 생각하고 행동하면 정말, 아무렇지 않은 일이 될 거라고 믿었다.

하지만 그러면 그럴수록 내가 해야 할 '척'만 늘어날 뿐, 나아지고 달라지는 건 없었다. 나는 여전히 한부모가정에다 외할머니와 단둘이 살고 있었다. 잠시 외면하고 도망간다고 해서 현실이 바뀌는 건 아니었다. 내가 회피할수록 현실은 더욱 고약해졌고, 나에게 더 큰 마음의 짐만 안겨주었다. 그러면 나는 또다시 지긋지긋한 현실을 벗어나기 위해 나를 속이고 괴롭혔다. 그렇게 입을 꾹 다무는 데 익숙해진 나는, 나서서 말을 해야 하는 상황에서도 그러지 못하는 비겁한 사람이 되어, 나뿐만 아니라 주변의 소중한 사람에게까지 상처를 주고 있었다.

"네가 내 사물함에 일부러 넣어 둔 거잖아!"

강동수가 한재민한테 달려들면서 다시 한번 큰 소리가 났고, 나는 그제야 정신을 똑바로 차렸다.

"내가 돌았냐?"

한재민이 버럭 소리지르며 강동수의 멱살을 잡으려는 순간이었다.

"지금 뭣들 하는 거야!"

출석부로 교탁을 내리치는 소리와 함께 3반 담임 선생님의 목소리가 크게 울렸다. 3반에 모여 있던 모두가 그대로 얼어붙은 채 쉽사리 입을 열지 못하고 서로 눈치만 살폈다. 몇몇 아이들은 조심히 자리로 돌아갔다.

이미 늦은 것 같았다. 진실을 알릴 기회는 완전히 날아가버린 것 같았다.

"지금 뭣들 하는 거냐고!"

나는 차마 고개를 들 수 없어서 시선을 내리깔며 낮게 한숨을 내뱉었다. 3반 교실에는 여전히 나서서 입을 여는 사람이 아무도 없었다.

"나머지는 조용히 자습하다가 수업 준비하고, 두 사람은 지금 당장 교무실로 따라와."

3반 담임 선생님이 강동수와 한재민을 번갈아 쳐다보며 말했다.

선생님이 교실을 나가자마자, 한재민이 강동수를 보면서 빈정댔다.

"그러게, 왜 남의 노트북을 훔쳐서."

한재민은 끝까지 몰염치했다.

"……."

강동수는 그런 한재민을 무시하고 교실을 먼저 빠져나갔다.

"저게, 진짜."

한재민이 주먹을 꽉 쥐며 낮게 욕설을 내뱉었다.

우르르 몰려 있던 구경꾼들은 천천히 하나둘 흩어졌고, 나도 일단은 최동훈과 교실로 돌아가려고 몸을 틀었다. 그때 한재민이 강동수 사물함에서 노트북을 꺼내다가 서류 봉투를 같이 떨어뜨렸다. 종이가 든 것 같은 두툼한 봉투였다.

"뭐야?"

한재민이 성가시다는 듯이 서류 봉투를 대충 사물함 안에 넣고, 큰 소리가 나게 닫았다. 그러고는 자신의 노트북을 품에 안고 교실을 빠져나갔다.

나는 가만히 서서 강동수의 사물함을 빤히 응시했다.

다른 사람은 몰라도 나는 알고 있었다. 그 두툼한 서류 봉투에 든 것이 무엇인지. 나는 또다시 유일한 목격자가 되었다.

최선 더하기 최선

"솔직히 반항심에 일부러 학교를 더 요란하게 다닌 것도 있어. 기대에 미치지 못한다면 아예 제대로 삐뚤어져 보자 하고. 나한테 화라도 내주길 바랐거든. 그렇게라도 관심을 받고 싶어서."

아무리 그래도 이런 식은 아니었을 것이다. 아무리 삐뚤어진다고 해도 자신이 하지 않은 일로 누명을 쓰고 부모님을 학교에 오게 하는 일은 강동수도 원하지 않았을 것이다. 절대로.

진실을 밝히기엔 이미 늦었다고 생각했다. 하지만 이대로 교실로 돌아가는 대신 교무실에 들러 진실을 말한다면 상황은 충분히 달라질 수 있다.

나는 심호흡을 깊게 하고 핸드폰을 손에 꼭 쥔 채 교무실로 향했다.

"너는 왜? 너도 얘네랑 관련 있어서 온 거야?"

3반 담임 선생님이 자신 앞에 나란히 서 있는 강동수와 한재민에게 뭐라고 말하다가 나를 보고는 물었다.

"네. 보여드릴 게 있어서요."

나는 선생님 앞으로 내 핸드폰을 내밀었다.

"강동수가 한재민 노트북 훔친 거 아니에요. 제가 어제 한재민이 강동수 사물함에 노트북을 넣는 걸 봤어요. 동영상으로도 찍었어요."

3반 담임 선생님이 동영상 재생 버튼을 눌렀다.

한재민이 내 쪽으로 고개를 돌려 살벌한 눈빛으로 쳐다보았다. 강동수는 꼼짝하지 않은 채로 앞만 응시했다.

"강동수."

"네."

"예?"

3반 담임 선생님의 부름에 나와 강동수가 동시에 대답했다.

"2반 강동수 너 말이야. 넌 왜 늦게까지 학교에 남아 있었어? 너도 동아리 연습 때문이야?"

3반 담임 선생님이 나에게 핸드폰을 돌려주며 물었다.

"아니요. 교실에 남아서 자습했어요."

"혼자?"

"네."

3반 담임 선생님은 내 말을 믿는 눈치였다.

선생님이 이번엔 강동수한테 시선을 옮기며 물었다.

"진짜 네가 훔친 거 아니야?"

"네."

강동수가 대답했다.

"확실해?"

"네."

혼자 남아서 자습했다는 내 말에는 별다른 반응이 없던 3반 담임 선생님이 강동수한테는 못 미더워하는 얼굴로 두 번이나 물었다. 내가 찍은 동영상을 보고도 말이다. 선생님들한테 나는 조용히 공부만 하는 학생이었고, 반대로 강동수는 튀는 학생이었다. 학생부장 선생님처럼 유쾌하게 받아주는 선생님도 있었지만, 편견을 가지고 곱지 않은 시선으로 바라보는 선생님들도 있었다.

"넌 이만 올라가서 수업 준비해. 둘은 남고."

3반 담임 선생님이 강동수를 보며 말한 뒤, 나와 한재민을 가리키며 말을 끝맺었다.

꾸벅 인사를 하고서 뒤도 안 돌아보고 교무실을 빠져나가는 강동수의 뒤통수를 나는 물끄러미 바라보았다.

"그래서, 어제 한재민이 뭘 어떻게 했다고?"

선생님의 질문에 시선을 다시 선생님에게로 옮겨 어제 내가 직접 목격하고 동영상으로 찍은 그때의 상황을 자세히 설명했다. 그리고 한재민한테는 내 나름의 한 방을 먹였다.

"악! 뭐야?"

한재민은 내 발에 꾹 밟힌 자신의 한쪽 발을 만지작거리며 속삭이듯 낮게 말했다.

"……."

"허, 뭐야? 사과도 안 하고 가냐?"

노트북 분실 사건이 자작극이었다는 것이 탄로가 난 한재민은 벌점을 받았고, 보충수업이 남은 일주일 동안 학교에 남아서 교내 청소를 하게 되었다. 내가 아는 것은 딱 거기까지였다. 다른 아이들이 노트북 사건과 한재민에 대해서 뭐라고 떠들든, 한재민의 이후 학교생활이 어떻든 전혀 궁금하지 않았다. 중요하지도 않았다. 더는 한재민과 엮이고 싶지 않았다. 한재민도 그 후로는 나와 강동수를 걸고넘어지지 않았다.

반면에 강동수가 왜 나를 피하는지는 점점 더 궁금해졌다. 왜 그 서류 봉투가 사물함 안에 있었는지도 궁금했다. 그리고 그 이유를 아는 것이 나한테는 너무나도 중요했다. 그래야 영문도 모른 채 갑자기 멀어진 강동수와 다시 예전처럼 돌아갈 수 있을 것 같았다. 나는 강동수와 다시 잘 지내고 싶었다. 강동수한테 진심으로 사과하고 싶었다. 빨리 누명을 벗겨주지 못한 것에 대해서 말이다. 하지만 방법을 알지 못했다. 나는 누군가에게 먼저 마음을 열고 다가간 적도, 마음을 다해 사과한 적도 없었으니까. 또한 강동수가 진실을 다 알면서도 침묵한 나에게 단단히 화가 났을 거라고 생각했다. 다시는 나를 상대하고 싶지 않을 수도 있겠구나 하는 생각에 말을 걸기가 더욱 어려웠다.

혼자 고민하고, 생각만 하는 동안 시간은 속절없이 흘러 벌써 며칠이 지났다. 그냥 무작정 찾아가야 하나 생각도 했다. 그러다가 문득 한 사람이 떠올랐다. 왠지 엄청나게 도움을 받을 수 있을 것 같았다.

방학 보충수업 마지막 날, 나는 학교에 남아서 자습을 하다가 집에서 챙겨온 우산을 들고 편의점으로 갔다. 다행히 편의점 사장님은 나를 기억하고 있었다.

"안녕하세요."

"똥깡이 친구! 오랜만이네? 아까 똥깡이도 다녀갔는데. 왜 같이 안 오고?"

강동수에 대해서는 딱히 뭐라고 할 말이 없었기 때문에, 나는 얼른 가방에서 우산을 꺼내며 말했다.

"우산, 감사했어요. 너무 늦게 돌려드려서 죄송해요."

"괜찮아. 필요하면 언제든지 와서 또 빌려가도 돼."

편의점 사장님이 싱긋 웃으며 우산을 받아 들었다.

"네. 감사합니다."

인사를 하다가 자연스레 계산대에 새침하게 앉아 있는 메롱이에게 시선이 가닿았다. 전에 강동수가 말하기를, 메롱이를 보러 오는 손님이 따로 있을 정도로 메롱이가 이 편의점의 슈퍼스타라고 했다. 나는 슈퍼스타의 머리를 부드럽게 쓰다듬었다. 오랜만에 보니 조금 반가웠다. 메롱이는 나른한 표정으로 나를 올려다보았다.

"저번에도 그렇고, 메롱이는 똥깡이보다 똥깡이 친구를 더 좋아하는 것 같네? 메롱아, 그래도 널 여기로 데려온 주인님을 더 좋아해야 하는 거 아니야? 응?"

사장님이 메롱이의 턱을 간질이며 말했다.

"메롱이가 길고양이였어요?"

'주인님'이라는 말에 사장님한테 물었다.

"응. 똥깡이가 학교에서 돌보던 길고양이였어."

학기 초, 어느 따뜻한 봄날에 길고양이를 데려와 관심과 사랑이 필요한 아이라며 교문 가까이에 집을 지어놓고 보살피던 강동수의 모습이 되살아났다. 일주일도 채 되지 않아 집도 고양이도 아무 흔적 없이 모습을 감추는 바람에 머릿속에서도 금방 사라졌던 기억이었다. 그때 그 고양이가 메롱이였구나.

"똥깡이가 자꾸 메롱이가 자기 같다고 제발 좀 받아달라는데 어떻게 안 받아줘? 내가 고양이를 좋아해서 망정이지."

당시엔 꽤 난감했는지, 사장님이 팔짱을 끼고는 장난스레 미간을 찌푸렸다.

"지금은 오히려 내가 우리 메롱이 없으면 안 돼. 너도 그렇지, 메롱아?"

사장님이 다정하게 메롱이와 눈을 맞추었다.

"저기, 똥깡이가 만든 집도 있어."

사장님이 계산대 안쪽을 가리켰다. 학교에서 보던 것이었다. 괜스레 반가운 마음이 들었다. 강동수가 작은 동물에게 나눈 따뜻함이 나한테까지 느껴지는 듯했다. 그러자 강동수가 나를 피하는 이유를 더더욱 알고 싶어졌다.

"강동수가 아까 와서 뭐라고 했어요?"

다시 시선을 사장님한테 돌리며 물었다.

"똥깡이? 별말 안 했는데. 드디어 보충수업이 끝나서 좋긴 한데 방학은 얼마 안 남아서 아쉽다고 했어."

그 말을 듣자 조금 용기가 나서 사람한테 다가가려면 어떻게 하면 좋을지도 물어보았다. 예상치 못한 내 질문에 사장님이 나를 잠시 지그시 바라보더니 진지하게 고민하며 입을 열었다.

"어려운 질문이긴 한데…… 말 그대로 최선을 다해서 다가가면 되지 않을까? 상대방한테 무언가를 바라지 않고 그저 온 마음으로, 진심으로, 최선을 다해서. 진심은 결국 통하거든."

진심으로 최선을 다해서…….

편의점 사장님이 별안간 반짝이는 눈으로 내 얼굴을 빤히 들여다보았다.

"왜? 좋아하는 사람이라도 생겼어?"

"아, 아니요. 그런 건 아니에요."

지나치게 화색이 도는 얼굴에 당황해서 내가 뒤로 고개를 빼자 사장님이 아쉽다는 표정을 지었다.

"그럼 이제 내 차례. 나도 뭐 하나 물어봐도 돼?"

다시금 사장님 얼굴에 화색이 돌았다. 편의점 사장님이 나한테 궁금한 게 있다는 사실이 의아했지만, 나는 말없이 가볍게 고개를 끄덕였다.

"또래 친구들은 요즘 뭘 좋아해?"

"아…….

굉장히 난처한 질문이었다. 나도 애들이 뭘 좋아하는지 알지 못했다. 잠깐의 고민 끝에 나는 솔직하게 털어놓았다.

"글쎄요……. 저도 잘 몰라서요. 근데 그건 왜요?"

"우리 아들이 중학교 3학년이거든. 그래서 요즘은 뭐가 유행하고, 애들이 뭘 좋아하는지 궁금해서. 그런 거라도 알면 아들이랑 대화하기도 훨씬 수월할 것 같아서. 맨날 일 때문에 바쁘다는 핑계로 잘 챙겨주지도 못하는 못난 엄마랑은 얘기도 잘 안 하거든."

사장님의 사정이 마치 엄마 같았고, 사장님의 말이 마치 엄마가 나에게 하는 말처럼 들려서 기분이 이상했다.

"우리 아들 잘 키우겠다고 나와서 열심히 일하는 건데 정작 우리 아들은 챙겨주지도 못하고, 아들이랑은 점점 멀어지는 것 같아서 참 속상하네."

사장님의 사정과 엄마의 사정이 비슷하게 느껴지는 것처럼, 사장님의 아들도 나와 비슷한 생각을 하고, 비슷한 걸 바라지 않을까 하는 생각이 들었다.

"만약 제가 아들이라면 형식적인 말이나 또래 친구들이 좋아하는 것보단 내가 좋아하는 게 무엇인지 엄마가 직접 물어보면 더 기쁠 것 같아요. 또래 친구들은 좋아해도 아들은 안 좋아할 수 있잖아요."

내가 엄마한테 전하고 싶은, 내 솔직한 마음이기도 했다.

"그래? 똥깡이 말대로 한번 물어봐야겠네."

딸랑거리는 소리와 함께 편의점 안으로 손님이 들어왔다. 사장님은 손님을 기분 좋게 반겨주었다.

나는 편의점 사장님한테 가볍게 눈인사를 한 뒤 편의점을 나왔다. 미소를 유지하며 손님을 맞는 사장님을 보니, 저 멀리 강원도에서 일하는 엄마 얼굴이 겹쳐졌다.

*

도저히 집까지 걸어갈 수 있는 날씨가 아니어서 시원한 버스를 타고 집에 왔다. 하지만 나를 반겨주는 사람은 없었다. 여름 방학을 하고 나서 외할머니의 외출이 잦아졌다. 그것도 같은 요일, 같은 시간대에 말이다. 수상하기도 하고 궁금하기도 해서 어딜 다녀오신 거냐고 물으면, 외할머니는 매번 고기 냄새를 풍기며 영지 할머니를 만나고 왔다고 했다. 그러면서 내 시선을 피해 자리를 떴다. 강동수 말고도 석연치 않은 부분이 하나 더 늘어난 셈이다.

지금은 외할머니보다 강동수를 해결하는 게 우선이었다. 시간을 더 끌었다가는 이대로 강동수와의 관계가 멀어진 채로 굳어질 것 같아서 나는 소파에 앉아서 어떻게 하면 강동수한테 진심으로 다가갈 수 있을지를 궁리했다. 하지만 고민하면 할수록 말이 모호하게 느껴져 한숨을 푹 내쉬었다.

'진심으로 다가가는 건 도대체 어떻게 하는 걸까.'

답답해서 미칠 노릇이었다. 나 혼자서는 절대 해결할 수 없는 문제 같았다. 외할머니가 옆에 있었다면 할머니의 생각을 물어봤겠지만, 할머니는 부재중이었다.

머리를 쥐어짜며 녀석과 관련된 사람들 중에서 그나마 내 고민을 덜어줄 수 있을 만한 인물을 찾아보았다. 문득 정수정이 떠올랐다. 솔직히 정수정뿐이었다. 하지만 여름방학 보충수업도 끝나서 개학할 때까지는 정수정을 볼 일이 없었다. 안타깝게도 정수정의 핸드폰 번호도 알지 못했다.

다행히 정수정네 식당이 대충 어디에 있는지 알고 있었다. 어쩌면 정수정이 가게 일을 도와주고 있을지도 몰랐다. 찾아간다고 무조건 만난다는 보장은 없었지만, 가만히 앉아서 생각만 한다고 해결되는 것도 없었기에 일단 움직였다.

정수정네 가게 앞에 도착한 뒤 정수정이 나오길 무작정 기다리려다가 무모하다는 생각에 가게 안을 기웃거렸다. 그러다가 손님들에게 자리를 안내하던 정수정과 눈이 마주쳤다. 괜히 머쓱해서 나도 모르게 눈을 피했다. 나를 본 정수정이 곧장 가게 밖으로 나왔다.

"할머니 보러 온 거야?"

"할머니?"

무슨 소리인지 몰라서 되묻자, 정수정이 아차 하는 표정으로 굳어지면서 난감해했다.

"어……? 아니야?"

"무슨 할머니?"

정수정이 뭔가를 착각해서 잘못 말한 줄 알고 다시 물었다.

"너희 외할머니……."

그 말에 나는 정수정이 등지고 있는 가게 간판으로 시선을 옮겼다. 간판에는 '돼지갈비 전문점'이라고 쓰여 있었다. 순식간에 머릿속에서 외할머니의 수상한 모습과 간판이 조합되었다.

"맞아. 할머니 때문에 온 거야."

대답과 동시에 내가 해결해야 할 일의 우선순위는 강동수에서 외할머니로 바뀌었다.

"아, 다행이다. 방금 내 말 때문에 너희 할머니가 여기서 일하시는 거 너한테 들킨 줄 알고 깜짝 놀랐잖아. 후."

정수정이 가슴을 쓸어내리며 안도의 한숨을 크게 내쉬었다.

"아무튼, 내가 진짜 말실수한 거 아니지? 알고 온 거 맞지?"

"맞다고."

정수정의 말실수 때문에 알아차린 건 맞지만, 아닌 척 태연하게 대답했다.

"근데 할머니가 우리 가게에서 일하시는 거 어떻게 알았어?"

"저녁 늦게 고기 냄새 풀풀 풍기면서 들어오시니까."

물론 거짓말이었다. 수상하다고는 생각했지만 고깃집에서 일하고 돌아오시는 거라고는 짐작도 못했다.

"안 그래도 할머니께서 걱정 많이 하시더라. 네가 야자하고 집에 늦게 올 땐 괜찮았는데, 방학하고서는 집에 일찍 들어와서 들킬까 봐 조마조마하다고. 나랑 강동수도 네 앞에서 말실수할까 봐 얼마나 조심했는데……."

지난날 야자를 하고 오냐는 새삼스러운 질문도 그렇고, 근래 영지 할머니를 만나고 왔다면서 자리를 피하던 모습도 그렇고, 이제야 퍼즐이 완성된 기분이었다.

하지만 그와 별개로 아직 풀리지 않은 의문이 하나 있었다.

"강동수는 언제 알았는데?"

"네가 도서관에서 강동수한테 내 펜 빌려준 날 기억해? 그날 강동수가 가게까지 데려다줬는데 온 김에 자기도 돕겠다고 난리를 치다가 할머니랑 마주쳤어."

정수정은 말하면서 그날 일을 떠올리는 듯했고, 살짝 웃으며 말을 이었다.

"할머니랑 강동수, 꽤 친해 보이던데? 그래서 할머니 부탁으로 강동수도 너한텐 절대로 말 안 하겠다고 약속했어."

그렇게까지 비밀로 하면서 외할머니가 고깃집에서 일하는 이유가 대체 뭘까? 또 강동수가 나를 피하는 이유에 외할머니의 비밀도 포함되어 있는 걸까?

그때 가게 안쪽에서 정수정을 부르는 올찬 목소리가 들렸다. 정수정은 크게 대답한 뒤 나를 쳐다보며 말했다.

"계속 기다릴 거면 가게 안에서 기다려. 날도 더운데."

"됐어. 손님 많아서 정신도 없잖아. 우리 할머니한텐 다른 말 하지 말고, 내가 근처 카페에서 기다린다고만 전해줘."

외할머니가 일을 마치고 나오다가 나를 보면 놀랄까 봐 이렇게 말했다.

"알겠어."

"신경 써 줘서 고맙다. 할머니 일은 9시면 끝나지?"

외할머니가 집에 돌아오던 시간을 떠올리며 집까지 오는 시간을 계산해서 물었다. 내 걸음으로는 10분도 안 걸리는 거리였지만, 할머니의 걸음이라면 족히 20분은 걸릴 터였다. 할머니는 언제나 9시 20분에서 25분 사이에 집에 도착했다.

정수정은 고개를 끄덕이며 가게 안으로 들어가다 말고 나를 보며 말했다.

"그러고 보니 고맙다는 말도 할 줄 아네, 강동수."

나는 괜히 어색해서 재빨리 근처 카페로 발길을 돌렸다. 그리고 카페에서 시간을 보내다가 외할머니가 일을 마치는 시간에 맞춰서 다시 정수정네 고깃집으로 향했다. 마침 가게 앞에 서 있던 외할머니는 나를 보자마자 멋쩍게 웃었다.

나는 다른 말은 하지 않고 이렇게 말했다.

"집에 가요."

나는 외할머니의 발걸음에 맞춰서 천천히 걷기 시작했다.

여름밤의 공기는 후더분했고, 한층 진해진 여름의 초록빛은 달빛과 가로등 불빛을 받아 노랗게 빛나고 있었다.

나와 외할머니는 말없이 걸었다. 그러다가 내가 먼저 궁금한 것을 물었다.

"고깃집 아르바이트는 언제부터 하신 거예요?"

"얼마 안 됐다. 한 3개월 됐나?"

"그게 얼마 안 된 거예요?"

"이제야 좀 적응했으니까 얼마 안 된 기제."

"왜 저한테 비밀로 하셨어요?"

"비밀로 한 거 아이다. 굳이 말을 안 했을 뿐이지."

외할머니 목소리에서 억울함이 조금 묻어 나왔다.

"매번 영지 할머니 만나고 오셨다고 하셨잖아요. 거짓말까지 하셨는데 그게 비밀이 아니면 뭐예요?"

"아, 맞네!"

외할머니가 멋쩍게 웃으며 인정했다. 할머니는 괜한 걱정을 끼치고 싶지 않아서 말하지 않았을 것이다. 그 마음이 이해가 되면서도 이상하게 서운한 기분이 들었다.

"영지 할머니는 진짜 존재하는 분이긴 해요?"

"하하하, 그라믄. 그렇게 자주 보지는 못하지만."

외할머니는 영지 할머니에 대해 짧게 설명한 뒤 자연스럽게 화제를 돌렸다.

"그래도 수정이가 많이 도와줘서 그렇게 힘들지 않아. 갸는 어쩜 아가 그렇게 싹싹하고 밝노?"

"그러게요."

"수정이가 니 좋아하는 거 아이가?"

"갑자기요? 그런 거 아니에요."

"그라믄, 동수 니가 수정이 좋아하나?"

"그런 거 아니라니까요."

"그래? 좀 아쉽네. 수정이같이 밝은 손주며느리가 좋은데."

그러면서 외할머니가 특유의 호탕한 웃음을 터뜨렸다.

"아직은 너무 먼 이야기 아니에요?"

"뭐, 어떻노?"

소리 내어 웃는 외할머니의 얼굴이 밤하늘에 걸려 있는 달처럼 환하게 빛났다. 반짝거리는 것 같기도 했다. 처음 보는 얼굴이었다. 마치 간절히 원하던 것을 드디어 손에 넣은 아이처럼 마냥 순수하고 맑고 행복해 보였다.

"늘 혼자 다녀서 쓸쓸한 길도 우리 손자랑 대화하면서 같이 걸으니까 하나도 안 무섭고, 하나도 안 외롭다. 참말로 좋네. 아참, 가는 길에 마트 들러서 요구르트도 사 가자. 낮에 보니까 거의 다 먹었던데."

"네. 좋아요. 가서 할머니가 좋아하는 것도 같이 사요."

"나도 요구르트 억수로 좋아한다. 맨날 동수 니 챙겨주고 나도 하나 먹는다. 몰랐제?"

외할머니가 장난스럽게 웃으며 말했다.

"네. 몰랐어요."

그도 그럴 것이…… 무정한 손자는 외할머니의 애정을 외면하기에만 바빴으니까. 그래서 할머니가 무엇을 좋아하는지 물어보기는커녕 생각해볼 여유 같은 것도 없었으니까.

이제는 내가 외할머니 손에 '요구르트'를 꼭 쥐어줄 차례였다. 순간 훗훗한 여름바람이 살랑살랑 불어와 나와 할머니 주위를 감쌌다. 바람에 함께 실려 온 이름 모를 꽃향기가 달콤했다.

"일은 안 힘들어요?"

"하나도 안 힘들다."

"엄마가 매달 보내주는 생활비가 부족해서 일하시는 거예요?"

"그런 거 아이다. 내가 하고 싶어서 하는 기다."

"솔직하게 말씀해주세요. 저도 이젠 알 건 알아야죠."

"동수야."

외할머니가 걸음을 멈추며 꽤 나직하게 내 이름을 불렀다.

"네, 할머니."

나도 걸음을 멈추며 대답했다.

"니, 학원 안 다닐래?"

"학원이요?"

"그래, 학원. 니도 학원 다니고 싶제?"

어느 때보다 귀에 또렷하게 박히는 외할머니의 목소리에 잠시 생각할 시간이 필요했다.

아니요. 안 다닐래요. 생각 없어요. 예전의 나였다면 이렇게 대답했을 것이다.

"네, 다닐래요. 다니고 싶어졌어요."

"맞제? 참말로 잘됐다! 내가 일하기를 참말로 잘했지."

하지만 이제는 하나뿐인 손자를 위해 뭐라도 해주고 싶어 하는 외할머니의 진심 가득한 마음과 내 대답에 크게 기뻐하는 외할머니의 모습을 온전히 받아들이기로 했다.

"조금 덥긴 해도 이렇게 걸으니까 좋네요."

우리는 다시 서로의 속도에 맞춰서 걷기 시작했다.

"참말로. 같이 걸으니까 곱절로 좋다."

외할머니가 또 활짝 웃었다. 살면서 할머니의 웃는 얼굴을 가장 많이 본 날인 것 같았다. 그러고 보니 할머니의 웃는 얼굴과 엄마의 웃는 얼굴이 퍽 닮았다. 그런데 엄마의 웃는 얼굴을 마지막으로 본 게 언제였더라.

나는 줄곧 엄마가 무책임하다고 생각했다. 아빠 없는 자식이 창피해서 외할머니한테 나를 맡겨놓고 자기 현실에서 도망간 거라고 생각했다.

엄마는 다른 누구도 아닌 나를 위해서 기꺼이 강원도로 떠난 것이다. 다른 이유도 아닌 나 하나 잘 키우기 위해서. 그래서 가족도, 친구도 없는 먼 타지로 홀로 가서 견디고 있는 것이다.

무책임한 건 결국 나 자신이었다. 엄마도 외할머니도 포기하지 않고 끝까지 책임지려는 내 인생을, 나야말로 이런저런 핑계와 불만으로 그냥 흘려보내고 있었던 거다. 끝까지 모르는 척 외면하면서.

이제는 그러고 싶지 않다. 내 인생을 최선을 다해서 살아 보고 싶어졌다. 그리고 강동수가 그랬던 것처럼 이번엔 내가 먼저 강동수한테 다가가려고 한다.

마음이 서키는 일

─사랑하는 우리 아들, 생일 축하해. 용돈 보냈으니까 갖고 싶은 거 있으면 고민하지 말고 사. 그리고 할머니랑 강원도에 한번 놀러 와. 엄마가 맛있는 밥 해줄게. 별일은 없지?

올해도 8월 14일 아침을 알리는 건 엄마의 축하 메시지와 외할머니가 끓여준 미역국이었다. 누워서 문자를 곱씹던 나는 밥 먹으라는 할머니의 부름에 겨우 몸을 일으켰다.
"생일 축하한다, 동수야."
외할머니는 내 앞에 초가 꽂힌 초코케이크를 내려놓으며 미소 지었다. 나도 슬며시 웃으며 케이크 초의 불을 훅 불어 껐다.
"잘 먹겠습니다!"
외할머니랑 마주앉아 미역국을 남김없이 싹 비웠다. 케이크도 잘라서 한 조각씩 먹었다. 유난히 달고 맛있었다. 그러고는 방에 돌아와 강동수한테 문자를 보냈다. 강동수의 말투를 따라 최대한 어색하지 않게.

—강동수, 뭐 하냐? 보충수업이 끝나서 좋긴 한데, 방학은 얼마 안 남아서 아쉽지 않냐?

정확히 일주일 뒤면 개학이었다. 나는 이번만큼은 강동수가 절대 무시하지 못하도록 녀석의 기호에 맞는 메시지를 하나 더 보냈다.

—남은 여름방학을 완벽하게 즐기고 싶으면 이따 5시까지 우리 집 옥상으로 와라. 참고로 파인애플 셔츠 안 입고 오면 입장 불가다.

핸드폰을 침대에 아무렇게나 던져놓고, 외할머니한테 파란색 보자기가 있는지 물었다.
"글쎄. 함 찾아봐야 한다. 파란색 보자기는 와?"
"꼭 쓸 데가 있어서요."
외할머니가 곧 방을 뒤져 파란색 계열 보자기를 하나 꺼내서 주었다. 나는 햇볕이 가장 강한 시간대를 피해 4시가 좀 지나서 그 보자기와 담요, 할머니의 블라우스, 내 티셔츠 몇 장, 청바지, 체육복, 장바구니, 그리고 흰 양말 몇 켤레와 양면테이프를 챙겨서 옥상으로 올라갔다. 해가 서쪽으로 향했는데도 옥상은 후덥지근한 열기가 확 올라왔다.

나는 옥상 구석에 있던 의자를 옮겨 와 근처에 짐들을 내려놓았다. 이제부터가 시작이었다. 우선 한쪽 벽면 가운데에 외할머니의 블라우스와 내 티셔츠들, 청바지, 체육복을 겹쳐 붙였다. 그리고 벽의 왼쪽 끝에는 파란색 보자기를, 오른쪽 끝에는 파란색 담요를 세로로 붙였다. 보자기가 담요보다 짧았기 때문에 보자기 바로 밑에다가는 색이 비슷한 장바구니를 붙였다. 마지막으로 내 흰 양말을 벽 아래쪽에 하나하나 나란하게 붙였다. 양말은 총 열두 켤레가 사용되었다. 중간에 양말이 모자라서 집으로 다시 내려가 몇 켤레를 더 챙겨왔을 정도로 생각보다 많이 필요했다. 등이 땀에 젖어 축축했다.

30분을 공들인 결과물을 먼발치에서 가만히 바라보았다. 내가 생각했던 그림과는 많이 달랐지만, 노력이 가상해서인지 나쁘진 않았다. 비록 바다같이 보이진 않았지만 강동수는 충분히 좋아할 것 같았다.

다시 집으로 내려와서 티셔츠를 갈아입고 그 위에다가 노란색 파인애플 셔츠를 입었다. 이번엔 방에 있던 작은 상과 돗자리, 외할머니가 먹기 편하게 잘라서 통에 담아 둔 시원한 수박, 아침에 먹다 남은 초코케이크를 들고 옥상으로 향했다. 물론 요구르트도 잊지 않았다. 옥상에 돗자리를 깔고, 그 위에 상을 펴고, 상 위에다 수박과 케이크를 내려놓았다.

드디어 모든 준비가 끝났다. 하지만 나는 지쳐버렸다. 두 번 다시는 못 할 짓이라고 중얼거리며 돗자리에 풀썩 누웠다. 그리고 핸드폰으로 시간을 확인했다. 5시 12분이었다. 그사이에 문자 하나가 와 있었다. 최동훈이었다.

-생일 축하한다. 선물은 개학식 날. 기대는 조금만.

최동훈한테 축하해줘서 고맙다는 답장을 보낸 뒤 이대로 잠시 잠이 들어도 괜찮을 것 같다고 생각하며 눈을 붙였다.
끼이이익.
하지만 곧 요란하면서 소름끼치는 소리를 내며 열리는 옥상문 소리에 눈을 뜨며 몸을 일으켰다. 문 앞에 서 있는 강동수가 보였다. 녀석은 분홍색 파인애플 셔츠를 입고 손에 요구르트 두 개가 든 봉지를 들고 있었다. 옥상으로 올라오는 길에 발견할 수 있게 봉지에다가 '강동수 거 맞음'이라고 적어놓고, 일부러 현관문 손잡이에다가 걸어두었던 요구르트다.

강동수가 돗자리 쪽으로 걸어왔다. 녀석은 나를 한 번 쳐다보더니 뒷벽에 내가 꾸며놓은 바다를 발견하고 시선을 고정했다.

"진짜 미친놈이네."

이내 강동수가 피식 웃으며 말했다. 오랜만에 얼굴을 마주한 강동수가 나에게 던진 첫마디였다.

"이게 남은 여름방학을 완벽하게 즐기는 방법이냐?"

그러면서 강동수가 내 옆에 엉덩이를 붙이고 앉았다.

"무시하냐? 이래봬도 세상에 단 하나뿐인 바다다."

"저 양말들은 뭔데?"

강동수가 무려 열두 켤레나 되는 흰 양말을 가리키며 물었다.

"저건 파도의 거품을 표현한 거야. 갈매기도 되고."

내 대답에 녀석이 푸하하 큰 소리로 웃었다. 그러고는 돗자리를 가볍게 톡 치면서 물었다.

"이 갈색 돗자리는 모래사장?"

"그러게. 이렇게 보니까 모래사장 같네."

돗자리 색을 의도적으로 연출한 건 아니었다. 정말 우연히도 집에 있는 돗자리가 그 색이었을 뿐이다.

"오늘은 모래사장에서 신발 벗고 안 돌아다니냐?"

내 실없는 농담에 돌아오는 대답은 없었다.

나와 강동수 사이에 정적이 감돌았다. 그도 그럴 것이 우리 두 사람이 얼굴을 마주하고 제대로 말을 섞는 건 거의 한 달만이었다. 나는 강동수한테 가장 하고 싶었던 말을 먼저 꺼냈다.

"노트북 사건은 미안하다."

내 사과에 녀석이 니가 왜? 하는 표정을 지으며 싱겁게 웃었다.

"네가 나한테 사과를 왜 해. 사과는 한재민이 해야지."

강동수는 손가락으로 애꿎은 바닥을 긁어댔다.

"네가 범인이 아니란 걸 알면서도 모르는 척했잖아."

"일부러 모르는 척한 거 아니잖아. 진짜 모르는 척한 거였으면 교무실까지 쫓아오지도 않았겠지."

다시 정적. 이번에는 강동수가 나에게 시선을 주며 말했다.

"고맙다, 강동아. 내 누명을 벗겨줘서."

그동안의 내 걱정과 달리, 강동수는 나를 한 번도 미워한 적이 없다는 얼굴로 나를 보고 있었다. 정말, 정말 다행이었다. 그와 동시에 의문은 더 커져만 갔다. 그럼 그동안 왜 나를 피해다닌 거지? 하지만 의문보다는 무거운 분위기를 푸는 게 먼저라는 생각이 들었다.

"한재민은 신경 쓰지 마. 내가 너를 대신해서 한 방 먹였으니까."

"신경 쓴 적도 없다. 근데 나를 대신해서 한 방을 어떻게 먹여줬는데?"

"넌 몰라도 돼."

"그 자식은 한 방 가지고는 모자라는데. 더 먹여줬어야지."

강동수는 진심으로 아쉬워하는 말투였다.

"고작 발을 밟았다거나 그런 건 아니겠지?"

이윽고 녀석은 미심쩍다는 듯이 물었고, 나는 아무 말도 하지 못했다.

"에이, 설마."

"……."

"진짜냐? 그게 한 방 먹인 거냐, 이 자식아!"

녀석은 장난스럽게 내 멱살을 쥐고 흔들었다.

"어쨌든, 뭐라도 한 게 어디야."

"야, 강동. 너 못 본 사이에 많이 뻔뻔해졌다?"

"그러게, 누가 나 피해다니래?"

내가 이때다 싶어 자연스럽게 화제를 돌렸다.

"갑자기 뭘 이렇게 훅 들어와. 아직 마음의 준비도 안 됐는데."

강동수가 약간 당황해하면서 말했다.

"도대체 난 왜 피해다닌 거냐? 연락도 무시하고. 나한테 뭐 삐지기라도 했냐?"

"삐지긴. 내가 애냐?"

"그럼?"

"쪽팔려서 그랬다."

녀석의 입에서 전혀 생각지도 못한 이유가 튀어나왔다.

"쪽팔려서 날 피해다녔다고?"

"그래……. 네 앞에서 드라마 작가가 꿈이니 뭐니 하면서 글 쓴다고 난리를 쳤는데. 당연히 쪽팔리지."

잠시 생각을 더듬은 후 녀석에게 물었다.

"왜 쪽팔리는데? 공모전 지원을 안 해서?"

"뭐야. 그걸 어떻게 알았어?"

강동수의 두 눈이 튀어나올 듯이 커졌다.

"우연히 봤어, 네 사물함에서. 그래서? 공모전 지원을 안 한 이유가 뭔데? 열심히 준비했잖아."

내 질문에 잠시 뜸을 들이던 강동수가 건조한 목소리로 대답했다.

"나 글 쓰는 거 우리 형한테 들켰거든."

"그게 왜?"

"그게 그렇게 수치스럽더라고."

"수치스럽다고?"

나는 잘못 들은 건가 하고 곧장 되물었다. 그러나 차분하게 가라앉은 강동수의 상태는 내가 제대로 들었음을 알려주었다.

"응."

"너희 형이 뭐라고 했는데?"

"정작 형은 나한테 아무 말도 안 했어. 근데 그때부터 이상하게 무기력해지면서 글도 쓰기 싫고, 내가 쓴 글도 보기 싫었어. 이게 다 무슨 소용인가 싶기도 하고. 신기하지 않냐?"

어떠한 대답을 바라고 묻는 눈치는 아니었기에, 나는 잠자코 듣기만 했다.

"나는 신기했어. 어떻게 하루아침에 사람 마음이 이렇게 달라질 수 있을까 하고. 그래서 내가 왜 그런가 곰곰이 생각해 봤는데……."

녀석은 말을 하면서도 생각이 많은 얼굴이었다. 힘없이 깜빡이는 눈은 조금 슬퍼 보였다.

"내가 나한테 떳떳하지 못해서 그랬던 거야. 늘 속으로 형이랑 비교하면서 스스로를 한심하다고 생각했어. 나는 왜 형처럼 되지 못할까 하면서. 그런 형한테 내 꿈을 들켜서 수치스러웠던 거고. 그래서 가족들한텐 더더욱 말하고 싶지 않았었나 봐, 내 꿈을."

녀석이 어깨를 축 늘어뜨리며 말했다.

"그러다가 문득 가족들도 나에 대한 특별한 기대나 믿음이 없는 것 같은데…… 누가 나를 믿어줄까 싶더라. 정작 나도 나를 믿지 못하는데."

시선을 아래로 내리는 강동수를 따라서 내 시선도 어느새 바닥으로 떨어졌다.

"네 앞에서 드라마 작가가 꿈이라고 큰소리 떵떵 쳤는데, 사실 내가 꿈을 이룰 수 있을 거라는 확신도 없었어. 그래서 나뭇가지처럼 뚝 부러진 거야. 내가 아무리 열심히 준비했어도 이런 마음으로 공모전 지원은 도저히 못하겠더라."

녀석은 잠시 입을 다물었다가 나를 보며 쓰게 웃었다.

"너한테 쪽팔린 것도 사실이야. 그리고 이런 내 상태를 너한테 들켰을 때 일일이 설명할 자신이 없어서 한동안 널 피해다녔던 거고."

솔직하게 다 털어놓으니 마음이 한결 가벼워졌는지, 강동수의 표정이 많이 풀어졌다.

종류는 다르지만, 나는 강동수의 마음을 아주 조금은 알 것 같았다. 우리는 이름뿐만 아니라 스스로를 망치는 모습도 닮아 있었다. 나는 스스로를 불쌍하고 초라하다고 생각했고, 강동수는 스스로를 한심하게 여겼다. 그런 부정적인 생각들은 조금씩 몸을 부풀리면서 어느새 우리를 잡아먹을 수 있을 만큼 커졌지만, 다행히 우리는 아직 잡아먹히지 않았다. 아니, 나는 잡아먹힐 생각이 없다. 물론 강동수도 그렇게 되도록 두지 않을 것이다.

"못 믿겠으면 억지로 믿지 마. 우리가 대신 믿어줄 테니까."

"우리?"

내 말에 강동수가 천천히 고개를 들며 나를 쳐다보았다.

"우리 외할머니랑 편의점 사장님, 그리고 메롱이도 분명 널 믿어줄 거야. 그러니깐 넌 마음껏 글만 써."

나는 녀석이 어떠한 방해도 받지 않고, 누구의 눈치도 보지 않고, 마음껏 글을 쓰면서 당당히 자신의 꿈을 이루길 바랐다. 나는 강동수를 진심으로 응원했다. 강동수가 진심으로 잘됐으면 좋겠고, 강동수가 진심으로 행복했으면 좋겠다. 나도 모르게 울컥한 감정이 올라왔다…….

이러한 내 진심이 녀석에게 닿은 걸까? 무언가에 강하게 얻어맞은 것처럼 멍한 얼굴로 나를 빤히 쳐다보던 녀석이 이내 떨리는 목소리로 말했다.

"다시 말해 봐."

"우리가 대신 믿어주겠다는 거?"

"아니. 그다음 말."

"넌 그냥 마음껏 글만 써."

글자 하나하나에 내 진심을 꾹꾹 눌러담아서 말했다. 전할 수 있을 때 내 마음을 충분히 전하고 싶었다.

"나는 네 글이 재밌고 궁금해. 그러니까 강동수, 작은 두려움으로 네가 가진 장점이나 재능을 초라하게 만들지 마. 아무리 너라도 그럴 자격은 없어."

녀석은 내 말을 가만히 듣고만 있었다. 그러더니 이내 싱긋 웃으며 고개를 주억거렸다. 그런 녀석을 마주 보며 나 역시 홀가분하게 웃었다.

그 순간 존재하는 모든 것이 좋아졌다. 열기를 띤 바람도, 힘차게 우는 매미 소리도, 티 없이 맑은 하늘도, 어느 때보다 뜨거운 여름도. 특히나 초록빛으로 찬란한 우리의 여름이. 강동수도 나와 같은 기분을 느꼈는지 그새 밝아진 목소리로 말했다.

"강동아. 그래서 내가 이번에 다짐을 한 게 있어."

"뭔데?"

"나 공부 좀 알려줘. 우리 같이 공부하자. 네가 그랬잖아. 행동으로 보여주라고. 앞으로 공부도 열심히 하고, 글도 더 열심히 쓸 거야. 나를 믿고, 나를 응원할 수밖에 없게 행동으로 보여주려고. 모두한테!"

녀석은 벌써부터 의욕이 넘쳐흘렀다. 되레 그래서 걱정이 될 정도로.

"3일 만에 관둘 거면 지금 말해."

그래서 일부러 더 고약하게 말했다.

"내가 엄청난 다짐을 했는데, 시작하자마자 초 치면 재밌냐?"

"관둘 거면 시작도 안 하는 게 낫지."

"야! 시작이 반이라는 말도 모르냐? 그렇게 따지면 할 수 있는 게 아무것도 없어!"

강동수의 목소리가 점점 높아졌다. 흥분해서 목에 핏대를 세우는 모습이 오랜만이어서 나도 모르게 웃음이 났다.

"지금 웃냐? 웃어? 어? 난 진지한데, 넌 뭐가 그렇게 웃기냐?"

"네 말이 맞다. 같이 열심히 해보자. 난 앞으로 학원도 다닐 거니까."

"학원에 다닌다고? 갑자기? 왜?"

어리둥절해하던 녀석이 무언가 떠올랐는지 아! 하고 말했다.

"그래서 너희 할머니가……."

하지만 말하다가 아차 싶었는지 너무나도 어색하게 두 손으로 자신의 입을 틀어막았다.

"우리 할머니가 뭐? 왜 말을 하다 말아?"

그런 녀석을 왠지 골려주고 싶어서 일부러 시치미를 떼며 물었다.

"어? 아니야, 아니야. 아, 이거 할머니께서 챙겨주신 거냐고 물어보려고 했어. 역시 여름에 수박이 빠지면 섭섭하지! 맛있겠다. 너도 얼른 먹어라."

화제를 돌리려고 수박통 뚜껑을 열고 손으로 열심히 수박을 집어 먹는 녀석이 웃기면서도 조금은 안쓰러워 나는 곧장 사실대로 말했다.

"우리 할머니 일하시는 거 나도 다 알고 있으니까 이상한 연기 좀 그만해. 정말 못 봐주겠네."

그러자 강동수가 표정을 일그러뜨리며 소리쳤다.

"이게 진짜! 아까부터 사람을 가지고 놀지? 어?"

녀석은 들고 있던 수박을 나한테 던지는 시늉을 하다가 자기 입안으로 쏙 집어넣었다. 나도 수박을 하나 집으며 물었다.

"정수정이 말 안 해줬냐?"

"미안하지만, 나와 정수정 사이에 네가 낄 자리는 없단다, 친구야."

강동수는 금세 기고만장해졌다.

"누가 끼워달래? 그래서, 정수정이랑은 사귀는 거냐?"

"아니? 아직 친군데."

"언제 고백하게?"

"고백은 매일 하는데?"

"근데 왜 안 사귀는데?"

"기다리는 중이야. 정수정의 마음이 내 마음의 크기와 같아질 때까지. 급할 필요 없잖아."

강동수는 천하태평하게 수박을 먹다가 이내 옆에 케이크 상자를 발견하고는 안을 들여다보며 장난스럽게 물었다.

"근데 이 먹다 남은 초코케이크는 뭐야? 나 기다리면서 심심해서 혼자 먼저 먹었냐?"

"오늘 내 생일이라서 아침에 할머니랑 축하하고 먹은 거야."

강동수는 태연하게 말하는 나를 바라보며 기가 찬다는 듯 말했다.

"야! 그걸 왜 이제 말해! 그리고 넌 무슨 네 생일을 남의 생일인 것처럼 말하냐?"

"그러면 춤이라도 추면서 말하냐?"

"출 수 있으면 당연히 춰야지. 일 년에 한 번뿐인 날인데!"

별안간 녀석이 꼼지락대더니 봉지에서 요구르트를 하나 꺼냈다.

"걍동아. 생일 축하해! 자, 이건 내 생일선물이다."

강동수가 특유의 천연덕스러운 얼굴로 씩 웃었다.

"참나, 고맙다."

나는 곧장 시선을 내리며 봉지에 든 나머지 한 개를 강동수한테 건넸다.

"너도 먹어라."

녀석은 기다렸다는 듯이 냉큼 요구르트를 받았다. 우리는 사이좋게 각자의 요구르트를 한 방울도 남김없이 단번에 마셨다.

"이따 우리 집에서 저녁도 먹고 가. 할머니도 허락하셨어."

"드디어 너희 할머니가 끓인 미역국을 맛볼 수 있는 거네!"

강동수가 활짝 웃으며 돗자리에 벌러덩 누웠다. 아니, 바닷가 모래사장에 벌러덩 누웠다.

"아, 좋다. 걍동아, 너도 누워. 이렇게 누워서 하늘을 보고 있으니까 여기가 진짜 바닷가인지 옥상인지 헷갈린다."

녀석은 지그시 눈을 감았다. 그러더니 갑자기 소리쳤다.

"나 방금 좋은 생각이 떠올랐어! 잠깐 기다려 봐. 내가 이곳을 진짜 바다로 만들어줄 테니까."

녀석이 실실거리며 핸드폰을 만지작거리는 사이 나도 모래사장 위에 털썩 누웠다. 그러자 나른함이 파도처럼 몰려왔다. 눈을 살며시 감았다.

이내 진짜 바닷가에 와 있는 것처럼 옆에서 진짜 파도 소리가 들리기 시작했다. 강동수는 파도 소리만 모아서 편집해 놓은 동영상을 재생해 나의 바다를 한층 더 완벽하게 만들었다. 우리는 오로지 파도 소리에 집중하며 꽤 오랫동안 말없이 누워 있었다.

"걍동아."

파도 소리를 배경으로 나를 부르는 강동수의 목소리가 종소리처럼 맑고 분명하게 울렸다.

"왜?"

나는 느긋하게 대답했다.

"앞으로 네 생일을 까먹을 일은 아마도 평생 없을 것 같다. 고맙다. 널 무작정 피해다니던 나를 끝까지 찾아줘서."

녀석의 말을 듣는 순간, 문득 녀석과의 첫 만남이 떠올랐다.

"처음에 날 먼저 찾아온 건 너였어, 깡동."

나는 여전히 누운 채로 강동수 쪽으로 고개를 살짝 돌리며 말을 덧붙였다.

"네가 만든 우리의 인연이라고 하자."

강동수가 기분 좋게 웃음을 터뜨렸다. 그리고 말했다.

"강동아, 나도 아까 네가 나한테 했던 말 중에 너한테 해주고 싶은 말이 생각났어."

"뭔데?"

녀석의 대답을 기다리며 다시 고개를 돌려서 하늘을 쳐다보았다. 그러자 옆에서 강동수의 목소리가 맑고 분명하게 울렸다. 이번엔 활기차기까지 했다.

"마음껏 살아라!"

녀석이 있는 힘껏 다시 외쳤다.

"마음껏 살자, 강동수들아!"

나는 슬머시 미소를 지었다. 마치 마법 주문 같은 녀석의 말 한마디에, 정말로 최선을 다해 '마음껏' 살아보고 싶어졌기 때문이다. 마음이 가는 대로, 마음이 시키는 대로.

그래서 집으로 돌아와 녀석과 외할머니와 같이 시간을 보낸 뒤 잠들기 직전에, 아침에 온 문자에 답장을 보내기 위해서 핸드폰 잠금화면을 풀었다.

-아무 일도 없어요.

받는 사람에는 '엄마'라고 쓰여 있었다. 수신자를 다시 한 번 확인한 뒤 전송 버튼을 눌렀다. 그런 뒤 조만간 엄마가 보내준 용돈으로 강동수와 강원도 바다를 보러 가야겠다고 다짐하며 잠이 들었다. 진짜 바다도 보고, 엄마 얼굴도 볼 겸 말이다.

내 마음이 첫 번째로 시키는 일이었다.

작가의 말

모로코에는 이런 속담이 있어요.

"말이 입힌 상처는 칼이 입힌 상처보다 깊다."

그만큼 말에는 엄청난 힘이 있다는 뜻이에요. 그런데 그 말이 서로를 공격하고 미워하고 헐뜯는 말이 아닌, 서로를 공감하고 어루만져주는 말이면 어떨까? 그 말 한마디가 과연 한 사람의 인생에 어떤 영향을 미칠까?

이 이야기는 거기서 시작되었어요. 이름은 같지만 성격은 정반대인 강동수들. 다른 것 같으면서도 닮았고, 닮은 것 같으면서도 다른 강동수들. 일어나는 상황이나 처한 환경보다 그에 대한 스스로의 생각에 상처받는 강동수와 스스로가 만든 두려움과 불

확실성 속에서 자기 자신을 잃고 꿈을 포기하는 강동수. 그런 두 사람이 서로에게, 그리고 스스로에게 따뜻한 말 한마디, 응원의 말을 건넬 수 있는 다정한 어른으로 성장하길 바라면서요.

나를 온전한 나로 바라봐주고, 믿어주는 사람이 옆에 있다는 건 엄청난 행운이자 축복이에요. 그리고 그중 한 사람이 나 자신이라면, 세상을 다 가진 거나 다름없다고 생각해요. 못 믿겠다고요? 그러면 억지로 믿지 않아도 돼요. 이 책이 대신 믿어줄 테니까요.(웃음) 꼭 사람이 아니어도 괜찮아요. 그저 묵묵히 여러분 곁을 지켜줄 수 있는 거라면 뭐든 상관없어요. 나만의 속도로 나아갈 수 있게 응원하는 거라면 뭐든 좋아요. 저 또한 동수들을 통해서 여러분을 응원하고 있으니까요.

마지막으로 사랑하는 엄마와 언니, 내 단짝 친구, 그리고 저 자신에게 이 책을 바칩니다. 따뜻한 말 한마디와 다정한 시선 덕분에 마음껏 꿈꿀 수 있었어요. 끝까지 포기하지 않고 꿈을 이룰 수 있었어요. 감사하고 사랑합니다. 북스토리 출판사에도 감사의 마음을 전해요. 정말 감사합니다.

김예지

강동수들

1판 1쇄 2025년 8월 25일

지은이 김예지
펴낸이 주정관

편집주간 이지안
디자인 정혜린
경영지원 김은경

표지 일러스트 다해빗(@da_haebit)

펴낸곳 북스토리㈜ **등록** 제22-1610호 (1999. 8. 18.)
주소 서울특별시 영등포구 양산로91 리드원센터 1303호
전화 02-332-5281   **팩스** 02-332-5283
홈페이지 www.ebookstory.co.kr   **이메일** bookstory@naver.com

©김예지, 2025

ISBN 979-11-5564-412-6 43810

이 책은 저작권법에 따라 보호 받는 저작물이므로 무단전재와
복제를 금합니다.
잘못된 책은 구입한 서점에서 교환해 드립니다.